萌花

さとう 蜜

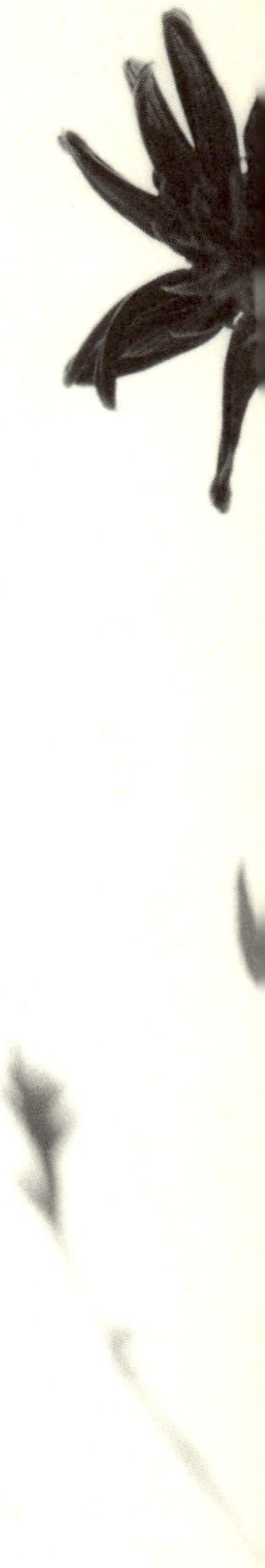

文芸社

静寂の呼吸満ち
舜風に放たれて
歌い舞う花たち

遠くの空では白雲が
同じように流され
ちぎれている

そうして
「アイ」はいつも
ちぎられている

桜雲

目次

すいちゅうか

遠くに見えた

ワタシがまだミジンコのような小ささで
生暖かい透明の海原で浮いてた頃
愛される権利をもっていた

ワタシがヘチマくらいの大きさで
淋しさに耐えられなくなった頃
愛される権利を捨て去った

ワタシがヒマワリのようになった頃
水面に写った自分を見て
無数の種の嫌悪を知る

両の手で水をすくってみた
水は指の間からさらさらと流れでる

もう一回やってみた
水はちょぼちょぼと流れでる

すくってもすくってもすくってもすくっても
流れゆく何かを止められない

ワタシが言葉を覚え始めた頃
日没前の空色を
愛するようになりました

写真

こんな夢を見ました

私の上半身は針金にぐるぐる巻かれ
ちょうどまぶたの上に針金の先っぽがささっていました
それを恋人が写真に撮っているのです

写真に撮られているから
目を開けてかわいくしなくっちゃって
思うんだけれど痛くて半分くらいしか開きません

笑いたいのにうまく笑えませんでした

でも彼は満足気にシャッターをきります
私の目は開かないのに

「ちゃんと撮ってよ」って私は言います
そしたら彼は
「ちゃんと撮れてるよ」って言います

だから私は泣きだしそうになりました

勲章

私の頬に一本の赤い線をつけながら
弾丸が通過した時に
私はあぁ　と思いました

遠い国では戦争が

夜空の星をペリペリはがして
ほら勲章よ
あなたは立派に任務を遂行しました

お国のために

私のために

あなたは遠くの戦場に
喜びとか悲しみとか
そういった類の感情を

置き去りにしてきてしまって

だから　ほら
なんで私が笑って泣くのか
あなたには見当もつかないのでしょう
だからそんな　にやにやして

人が必要なものには
善と悪があるって
だから私は何もかも許して
だから私は何もかも怒って

そうして私はあなたを愛そうか

わたしのヒヨコ

道端で拾った飴を舐めた
あの時と同じ雨の味がした

水たまりに写った空を踏んだ
空は一瞬にして歪む

祭の夜に買ったヒヨコが死んだ
ヒヨコにつけられた値段は百円だった

ヒヨコの目は宙の一点を見つめて
静かにその目蓋を閉じる

私はヒヨコの罪を憎んだ

アカイツメ

あなたの顔なんて見たくない。この言葉が汚くなるのは何でかって、それはマニキュアを塗っているから。真っ赤な爪にしたの。左手の親指には真っ赤な薔薇を描いて、赤は戦いの色でもあるし、私の生きている証《あかし》でもあるの。先週の金曜日にあなたに何度目かの別れを告げられた時、私酔っ払って泣いたわ。それを見てみんな同情してた。あぁかわいそうにって、あの女は捨てられたのよって、中にはゲラゲラ笑ってる人もいたっけ。でも私はそいつらみんなにツバ吐きかけてやった。私の心は私のものよ、ましてやあなたのものなんて！　今ツメに塗ったばかりのマニキュアは半がわきで、私、埃がつかないようそっと息吹きかけるわ。半がわきのツメってなんだかいらいらするのね。昨日買ったばかりのレコードはまだ新しすぎるからよく分からないの。まだこなれてないのよ。私はね90年代を生き抜いてきたのよ。ロック、ジャズ、テクノ、トランス、レゲエ、ヒップホップ、R&B、アンビエント、アブストラクト、ラテン、その他いろいろ。あぁそれからアイドル。

すいちゅうか

カレーヨーグルト、チーズタコヤキ、生ハムメロン、カキノタネチョコ、牛乳麦茶、虫入りキャンディ、毒入りジュース、等々。なんでもあり。無秩序、無恥、不感症、の代表選手。あぁそれは私？　それともあなた？　もうごちゃまぜのスープ。味はねぇ、そう何でもにマヨネーズかけたようなの。おいしいかどうかなんてそれすら問題にしていないのよ、食えるかどうかって話。なんてひどいのかしら。だからね私がね一番好きなのは結局のところケッキョクノトコロ、モリス。こんな私をあなたは笑うかしら、過去ばかりを見てるって笑うかしら。でももうあなたは私を許してしまった。ユルシテシマッタ。もう私のことを憎んでもくれない、だからきっと笑ってもくれない喪失の密度は蜂蜜みたいに甘くてだらしなくていい加減。スプーンから垂れ流れた臭い唾液は私の膝をベトベトにしてしまう。あなたを失って10のうち5くらいはなくなって、でもこれは嘘で実はもう20くらい失った気分。だから今日も私あの酒場に行くの。みんなに笑われたって、けむたがられたってね、みんな死んでしまえって思ったっていいでしょ。こんなにつらいんだもの。時間の流れがあまりにゆっくりすぎるから、怖くて怖くて、砂時計を振り続けてたら、落っことして割っちゃったわ。もうおかしくっておかしくって、涙がでる。

貞節ってどういう意味？

古ぼけた部屋

ガビョウがあなたの指を刺した
ガビョウはあなたの肉を裂いた
ガビョウはあなたの血を見たかった
そのぬくもりと赤は
こうこうと燃える　あなたの命の象徴でありました

ひんやりとして何の感情も持てないガビョウは
ちっぽけな生活用品でしかなく
一つの機械にもなりえなかったのです
そういった小さな逆襲でしかそこに存在することができなかったのです

ガビョウがガビョウたる理由は人を刺すことなのかもしれません

ブルー・オン・ブルー

幸せはこの手のしわの上に
はかなくも　強くも
人が旅に出たいと思うのは
しわくちゃのシーツを
きれいにのばしたいからです

愛を切り売りしているプアは
今日に心を痛めていました
誰かプアを憎んであげて
プアの絶望は透かし編みから見える空

ブルー・オン・ブルー
とりと雲はいつまでもたわむれて
ブルー・オン・ブルー
気持ちよさげにたわむれて
ブルー・オン・ブルー
愛の意味など分からずに

すいちゅうか

部屋にさしたる一輪の花
或る日の朝にその花を見やれば
花弁の半分が
無残にも散らばってい
美しいピンク色をしたまま
散らばってい

「これは裏切りだ」と
私は何も分からずにそう思い
ただバラバラになった花を見て泣いた
何に裏切られたかも分からずに

ただそう思い泣いた

ひとかけの林檎

林檎をかじった

確かにその一瞬私は林檎の美しさに心奪われた
ひとかけの林檎は私の食道を通り過ぎて
心臓の中に入っていった
その周りの血管や粘膜はざわめいて
林檎を持て余し始めていた
林檎は私の体液に消化されることもなく
私の身体のどこかに流されていった

例えばこの林檎のように

自分に消化されないものの存在を
喜んでいいのか
悲しむべきなのかは分からないけれど

ただ　何となく心地よいと
ひとかけの林檎は私の体内で転がされて
いつのまにか甘酸っぱくて強い
蓮花のような匂いを放ち始める

木の下ちゃん

風が吹きました
髪が頬にかかって
かさかさなる木の葉っぱを見上げました。
葉っぱはたくさんいるから
音が鳴るんだなぁと思いました。
木の下にいる私は一人
木の下で見上げてる私はくしゃみを一つ

映画をみていました。
泣きたくてたまりませんでした。

でも、やっぱり泣きませんでした。
泣きたいのと、泣かされるのと
大人になった私はどこかで分かっていました。
本当に哀しい思い出はうちうちにあるんだなと
うちうちって心のうち、家のうち。

街を歩いていました。
すれちがう人々の顔を覚えようとしました
人の顔ばかり見てると大変に疲れて
ふとガラスを見ると自分の顔は歪んでいました。
にやりと片口を上げた私の顔は
そこにはあって、ここにはないものでした。

窓を開けていました。

虫が一匹入ってきました。
外の景色とはずいぶん違うだろうに
虫はぶんぶんうれしそうに
一枚ガラスの向こうには、煙草の匂いなんてしない
ガラスの中は天国地獄。

いつの日だったか前向きに
前向きに生きようと思いました。
でも前を向いて後ろ走りをしたらどうかとも思いました。
でもそうしたらつまずいて転ぶだろうな、
そうして後頭部は確実に強打するだろうな、
つぶれた脳で駆け出すのもいいと思いました。

木の下ちゃん2

大きな木の下で
ポケットの中
手に掴んだのは
街角で配っている
ポケットティッシュでした

五月の恋

印

あなたは言う
権利よりも証が欲しいと
だからわたしはあなたの肌に噛みついた
あなたの肌に残ったのは
角が丸くなった四角形の羅列たち
そしてわたしはその子たちが話し始めないよう
小さい絆創膏を貼りました

残像

彼はいつも何かを求めていた
そんな気持ちで私に触れていた
私は彼の目の中の私を見ることを止めた
どうしてだろう
私の目の中には何も残ってない
スルリ　スルリ　と消えていく
影や匂いや
そこにいたのかどうかさえも　思い出せない
どうしてだろう
私には残像さえも
抱きしめることができなかった

そんなふうに夜は過ぎて

わたしは　笑っていた
太陽にある　黒点のように
わたしは　泣いていた
体中に散らばった　黒子のために
寒がりやの足指を丸めて
想ったのは　あなたの弱さだった

バク

バク　バク　バク　バク
バクは夢を食べるんだって
ねぇどうして
昨夜のわたしの夢を
食べてくれなかったの？

ガーリックトースト

あつあつのガーリックトースト
ガーリックトーストなんていつから
食べるようになったの？
大人になるにつれて
美味しいもの増えてきたよ
今日は良かったね晴れていて

五月の恋

果実の甘い香りを楽しんでいたのは五月
香りだけでは物足りなくなったのは六月
皮を剥き始めたのは七月
実を取りだして眺めていたのは八月
我慢できずに一かけ食べてしまったのは九月
思いのほか酸味と苦味が強いと感じた十月
熟すのを待とうと決めたのは十一月
師走の慌ただしさにしばし忘れて
あまりの強い匂いにはっとした一月
おそるおそる残りの実を口にしたのは二月
濃厚な甘さゆえ吐き気をもよおしたのは三月

涙まじりで実の残骸を土に埋めたのは四月

振動

言葉を知らないワタシは
スピーカーに受話器をそっと
押しあててみました
このふるえは
あなたに伝わるのでしょうか

ナメクジ

ナメクジって塩で溶けるって知ってた?
みるみるみるみる　みるみるみるみる
小さくなって
もう動かないの
私の手の上でなみうっていた単細胞は
皮膚を土と間違えたのか
懸命に掘ろうとしたんだ
私の手のひらを
あまりにも痛くて　痛くて
あまりにも痛いから塩をかけたの
もう動かないの

温度差

ねぇ　どうして　泣きたいの?
ねぇ　どうして　涙って温かいの?
ねぇ　どうして　頬をつたった後の涙は冷たいの?
ねぇ　そうやって　思い出も冷たくなるの?

ねぇ　どうして　あなたは涙が嫌いなの?
ねぇ　どうして　あなたは嘘をつくの?

ねぇ　知ってた?
あなたが笑うたびに私涙が出そうだったって
ねぇ　知ってた?

あなたの流す涙の温度を私が奪ってたって
ねぇ　知ってた？
私の涙はあなたの涙だったって
ねぇ　知ってた？
私はあなたが大好きだったって

春

優しさの行方

優しさの行方を探して
僕は街を歩いた
昨日彼女に言われた言葉
「あなたは優しすぎるのよ」……

優しいことがいけないなんて
僕は知らなかった

電柱の陰に隠れるようにして

おびえた目をした猫が丸くなってた
僕がその猫に触れようとした瞬間
猫はひどくおびえてドブの中に逃げて行った

そのドブがどこまで続いているのかは
僕には見当もつかない

「人に優しく」って誰かが歌ってた
あらゆる欲望と力が溢れかえって
崩壊してしまいそうな時代に
僕は優しく生きるしかなくて

彼女は言った
「あなたの優しさは私の居場所を奪ってしまうのよ」

僕は裏道を歩き回って
あの猫を探し続けた
僕が踏みつけにしていたのは
ドブの中に逃げて行ったあの猫だった

堕天使

ボクは天使なんかじゃないけれど
ボクはボクの重みを感じないから
平凡なボクの背中にも
羽根が生えているのかも知れない

ボクは天使なんかじゃないけれど
ボクはボクの罪と同化しているから
何でもないボクの頭上には
鈍い光のリングが浮かんでいるのかも知れない

話したくない僕

僕は何も話したくない

とにかく胃が痛い
とにかく頭が痛い

それが酒と煙草とコーヒーのせいだとか
それが寝不足と空腹と部屋の汚さのせいだとか

一体それが何だって言うんだ

僕はもう何も話したくない

君が悲しんでたって　もういいんだ
だって僕は　いつだって　一人だ

けどそれが一体何だって言うんだ

僕はもう幻覚的なものは信じない
昨日までそこにあったものが
今日なくなってしまっていた
なんてよくあることだろう？

僕はただ眠りたいんだ

僕を殴りたければ殴ればいい

そうしたら僕も君を殴るからさ
痛みは感じたとしても
それについて　もう
何も言うことはないからさ

空が青いだけで

空が青いとなぜこんなに皆笑ってるんだろう
空が青いのは誰のせいでもないのにさ
空が青いだけなのにさ

まぁいいか
もぉいいか

僕は許してしまおうかと思うんだよ
せめてこの一瞬間だけでもさ

春

春 は 別れ の 季節 だ と 誰か が 言った

餡パン むしゃむしゃむしゃむしゃ
煙草 プカプカプカプカ
空色は両目にどぎつく染みわたる

あぁー 空だ

「明日の天気はどうして分かるの？」

明日の自分率九九％

……だからか

春だ春だと騒いでみるのも
何となく口寂しいから
桜だ桜だと騒いでみても
うすピンク色は心まで透かして

あぁ春か、もう春か
行方知れずの猫はまだ見つからない

何だ、そうか僕は天気に左右されていたのだな
気象予報士の彼は言う
「それもまた良し」

「…………」

さようなら。冬さんさようなら

別れとは終止形であるものと僕は思う
けれども、さよならから始まる
という言葉を耳にしたこともある

季節のうつろいは、僕を立ち止まらせてくれないのだな

だから僕はぼんやりと思う
もう春だ、と

イラ

ある休日の
狭いレコード屋での出来事
店内にはたくさん人がいて
皆狭いところをパタパタ音をさせながら
レコードを見て
真剣な眼差しは
手元に注がれて
私も同じようにしようとして
けれども肩からかけていたバッグに
何人もの人がぶつかって
私の脇を通っていって

私はその度バッグを定位置に戻して
私はその度ため息をついて
そうして店内にいる人々を
ぼんやりと眺めていると
もうレコードを見る気もしなくなって
そそくさと店を後にしました

犬

日だまりにて

猫がにゃーと鳴いたから
側においでと手をさしのべる
けれどもあなたは素知らぬ顔
猫には猫の事情があって
私には私の事情があって
勝手に生きて勝手に死んでる
そんなこと別に哀しくなんてない
ただそれだけのことなんだから
けど　けど　たまに思う
分かってるけど側にいてくれたらな

消化不良をおこしても
明日になったら何かを食べてる
それがどうしようもなく苦痛に思えて
泣きながらあなたに電話する
「分かったからもう寝なさい」って嘘つき
分かってるわけないのに
けど　あなたにはあなたの事情が

愛犬ハナちゃんがあまりにも
私の言うことを聞くから哀しくて
もう好きにしていいんだよ
ハナちゃんは髭をひっぱっても怒らない
ハナちゃんは尻尾をひっぱっても怒らない
怒っても　遠慮して　噛む
自分の牙の鋭さ知っているから

そんな優しさただ哀しい
野生なんかもうどこにもない

母の孤独を知った日に
私はせっくすをした
父の孤独を知った日も
私はせっくすをした
快感の気持ちよさが嫌いになった

いろんな事象を思うと
眠れなくなるくらい　苦しくなっても
私はきっと寝ているんだな
それが生きていくということならば
死んでしまおうと思う人がいても
不思議でないと思った

赤涙

行き過ぎた
赤い涙
もうはるかに遠く
果てしない
歯車工場の機械音

あの街では今でも
鳴り続いているんだろう

しみたれた
黒いオイル

私を握る
黒い指

夕日があまりに赤いから

皆　自分のものにしたいって
皆　爆弾にしたいって

いつの間にか
側にいた
野良犬は

哀しいままに
ひとりぼっち
楽しいままに

ひとりぼっち
月に吠える　月に吠える

こどくのひとみ

一匹の犬　お前の足は
こどくの足
一匹の犬　お前の爪は
こどくの爪
一匹の犬　お前の尾っぽは
こどくの尾っぽ
一匹の犬　お前の垂れ下がる耳は
こどくの耳
まるで　何も　聞こえない　こどくの耳
体中をおおった　長く美しい　毛の波は

触れるものの　満足でしか　なかったのだと

一匹の犬よ　こどくの犬よ

こどくのひとみで　見つめるなかれ
こどくのひとみで　見上げるなかれ
心にあったそれを　見つけないでおくれ
舐めることでしか　体温を感じることができずに

一匹の犬よ　こどくの犬よ

お前はひとり　眠り続ける
ただ犬のように　舐め合える「人」という存在が
必要であった　私には
お前のひとみが

ただ苦しく
ただ狂おしい

一匹の犬よ　こどくの犬よ

家

夜猫

月に照らされた路地の影には彼らがいる
がたがたふるえながら座っている
水を含んだスポンジのような外気はしんとして
ぴんと張りつめた糸はあなたの耳を通り抜け

夜の孤独者を柔らかに傷つけて
きっとどこかに帰りたかったのに
彼らの四本足の爪はもう
三〇センチものびていた

彼らは尾っぽを体内にもぐり込ませて

冷たくひえた心の臓をぐるぐる巻きにした

月夜の晩に凍える猫たちの目はとても哀しい
その目を見たらあなたはきっと疑う
明日という日がやってくるのかどうか　ということを

しょうか

吹きだまりの外
感覚だけが研ぎ澄まされて
痛みという内的のポインターは
ちくちく、と胸を突く。
昨日の母親からの電話
「あんた、元気にしてるんか」
「うん、まぁまぁ」
「ほなよかったわ……」

淋しそうやな家《いえ》は

オムライスやハンバーグや、
そんな大そうな物はあまり食べなくなった。

「お煎餅食べるか？」

「ううん」

「ほな、ケーキでも食べるか？」

「……」

おばあちゃん、
わたしはいろんなもの消化しなくちゃいけないねぇ。

フランスパンの夕べ

かちかちになったフランスパンを
噛みちぎって無理矢理飲み込んで
赤ワインを一口飲んだら
ぶぁっと孤独というものにおそわれました

家

家に帰りたい
家に帰りたいと思えども
家の場所は皆目分からず

ならば、家という物は最初から
存在なきものであったというのか
概念であり、また
幻覚的な印象だけのものであったのだろうか

そうして、何かを眼前にちらつかせているだけのもの
心のある部分を、ちりちりと焦がせているだけのもの

家の記憶は感傷的であるがゆえ
そこには憧憬を抱く刹那がある
家の記憶は確実であるがゆえ
そこには離れられない哀しみがある

わたくしには遠い昔、家と呼べるものが確かにあった

けれど今は　もうない

萌花《ほうか》

「四〇六号室　野中友之助様」と書かれた名札が掛かっているドアをノックした。中からは何も返事がないので僕は静かにドアを開けて中に入った。その病室の中には三つベッドがあって、僕の祖父のベッドは一番奥の窓側にある。真ん中にも祖父と同じ病気で入院しているおじいさんがいる。二人とも静かに眠っていた。僕の祖父は末期の癌である。もういつ死んでもおかしくない状態がここ一カ月近く続いていて、家族は交替でお見舞いに来ている。僕は大学の授業がない金曜日と日曜日の午後にはだいたいここに来ることになっていた。僕が来ても今日のように祖父は寝ていることが多かった。けれども、僕がベッドの側にある椅子に腰掛けると祖父はその気配に気付いて、皺と皺に囲まれた目を重そうにゆっくりとあけて僕の方を見る。祖父はほとんど話せないので、目で僕を確認したことを伝える。僕もそれに応じて少し笑う。

「林檎食べる?」

僕は来る途中にあるスーパーで買った林檎を袋からとりだして祖父に見せる。祖父は返事の代わりにゆっくりうなずいた。ベッドの横にある安っぽい棚の中から包丁とタッパとおろし金をだして、僕は林檎の皮を剥き始めた。はじめの頃は慣れなくて剥き終わった後の林檎の形はとてもいびつだったけれど、何回かやっているうちにきれいに剥けるようになった。林檎の皮剥きなんて簡単なものなんだと、二十二年目にして分かったことだった。おろし金で林檎をすりおろし始めるとあたりに濃厚な林檎の香りがたちこめ、祖父は少しだけうれしそうに僕の手許を見やった。祖父は林檎が大好物だった。僕はタッパに溜まった林檎をスプーンですくって祖父の口の前に持っていく、祖父は小さく口を開けて林檎を食べる。歯がもうないので、口の中で少し転がすようにしてから飲み込む。それを三、四回繰り返すと祖父はもういらないと、手を少し挙げて僕に伝える。僕は残った林檎をもぐもぐ食べる。その様子をじっと見ている祖父はたまにおかわりを要求してくる。

そうした僕と祖父のやりとりは、僕が病院に来るようになってから日常のことになった。

「今日さ駅前の魚屋の魚をね、猫がちょうど盗んでいるところを見たんだよ。何か漫画みたいな光景だったよ。ちょっとおかしかった」

祖父は何も言わないでずっと宙を見据えている。

「もう桜が満開だね」

祖父がいる病室は桜の木の真ん前にあるので、窓から桜の咲いているのがきれいに見える。まるで窓枠で切り取られた一枚の写真のようだった。祖父は桜の方をちらっと見てからまた天井に目線を動かした。僕は歩いて窓の方に行き、少しだけ窓を開けた。そこからは春の気持ちのいい風が入ってくる。

「桜の花の匂いがするね」

相変わらず祖父は僕の言葉を聞いているふうでもなく、天井を見据えている。そしてそのうち眠くなったのか、うつらうつらとしだした。とても静かな時間が流れていた。僕は病院に来るようになってから、この静かな時間がとても好きになった。家にいるときもそうであったけれど、祖父はほとんど何も話さない。わがままを言って家族を困らせるようなこともない。そんな祖父の生活は人間らしい欲求というものがほとんど抜け落ちている状態であった。また僕からしても実際死を目前にした今の祖父にとっての楽しみや、生き甲斐や、そういったことは考えてみてもとうてい分からないことで、またその行為自体もう意味をなしえないことだと思っていた。だから僕はただ側にいて本を読んだり、窓からの景色を眺めていたり、話すことと言ったら学校であった何でもない出来事だとか、家族のことだとかそんなことだった。

ただ祖父は眠っている間に夢は見ているのだろうか、とかぼーっと天井を見ている時に一体何を見ているのだろうか、と思うことはよくあった。そこには祖父にしか見えない世界が広がっているのかも知れない、と。

僕は病室を出て喫煙室に向かった。喫煙室では比較的元気であろうと思われる病人たちがテレビを見たり、新聞を読んだり、将棋をしたりしている。僕はソファの端っこに腰掛けてポケットから煙草をとりだして火をつけた。

病院で見る光景のすべてがゆるやかで平和に満ちているような気がして、ここで人の生き死にが日常的におこるということがはじめは不思議であった。けれども人の生き死にというのは、決して非日常の世界のことではなく日常のことであると僕は病院に来るようになってから改めて気付いた。

僕はジャケットのポケットからフランス語のテキストをとりだした。来週の月曜日にフランス語の授業で小テストがあるため一応ポケットにテキストをつっこんできたのだった。語学の授業の選択において、フランス語を選んだ他の人のように、僕は特にフランスが好きだとかフランス映画をよく観るとか、そういうのはなかった。けれど何となく衝動的にフランス語を選択してしまったのである。

衝動あるいは直感といった、言葉では説明できない心情を僕は大事にしているところがある。普段はどちらかというと理論的であるし、物事は理路整然としていなければ嫌な質《たち》なのだけれど、衝動とか直感というのは人の、より本質的な部分が瞬時に外にでてくる現象だと思うからだった。それに対して苦しんだりすることはあっても、それはそれでいいし、また、そういう感情が湧き起こったりすることを楽しんでいる部分もあった。

僕は一時間程テキストを眺めてから祖父の病室に戻った。

ベッドの側にある椅子に腰掛けると、祖父が少し汗ばんでいることに気付いた。そして夢でも見ているのか、眉間にしわを寄せて譫言を言っている様子でもあった。譫言といっても声は出せないので口をパクパクさせているだけなのだけれど。その様子は今までになく苦しそうで、何か懇願するかのような、何か許しを乞うているかのようなそんなふうに見えた。僕は起こそうかどうか迷いつつ、そっと祖父の腕に触れた。そうすると祖父はぱっと目を見開いて、しばらく天井を見てから僕の方に目線を動かした。そして何かしゃべろうとした。少なくとも僕が知っている限りの中で祖父がこの病院に入院してから僕に対して何かを伝えようと話しかけたことはなかった。そしてその目は、まるで僕に最後のお願いをするかのような真剣な光を持っていた。だから僕は注意深く祖父の口許を見ていた。

「えっ？　何？」

祖父は必死に僕に何かを伝えようとして口をパクパクさせた。

「あー……くー……ら？　……あくら？　……さくら、桜？」

僕は窓の外を指さした。祖父はうなずいてさらに続けた。

「ほ……ん。ほん。本でいいの?」

ポケットからテキストをとりだして見せる。祖父はうなずきさらに続けてしゃべった。

「てー……がー……みー……」

「手紙?」

祖父は少し安心したようにうなずいて僕を見てからまた眠り始めた。


その日の夜僕は居間でテレビを観ながらも、病室での出来事を考えていた。

「桜、本、手紙……桜、本、手紙……」

僕の頭の中を祖父の発した言葉と、それを言った時の祖父の眼差しとがぐるぐる回っていた。僕は居間とつながったキッチンを抜け、一階の一番奥にある祖父の部屋に行ってみた。祖父の部屋には街の小さい本屋にだったら負けないくらい本がたくさんあった。祖父は元来静かな質で、家にいる時はほとんど自室にこもりっきりで、家族の者もそれに対して特に何も言うことはなかった。たまに母が体に悪いからと散歩に行かせるくらいであった。僕は本棚に入りきらずに山積みになった膨大な数の本を眺めた。ただ乱雑においてあるだけの本なのだが、祖父は家族の者にはいっさいその本にはさわらせなかった。一度母がその部屋を掃除をしようとして本を少し動かしたときに祖父が激怒したことがあった。僕は祖父がそんなに怒っているのを見たのは後にも先にもそれ一回きりだったのでよく覚えている。それ以来、家族の者は祖父の本にはいっさい手を触れなくなったのだった。一番近くにあった本を手にとってみる。「地の哲学」と書かれていた。僕は中をパラパラとめくってみた。何も変わったところはない普通の哲学書のようだった。僕は本を元のところに戻した。祖父が昼間言ったことの意味はこの膨大な本の海の中に隠されているような気がしたけれど、僕はあまりの本の数の多さに何かを見つけだそうという気力を失ってしまい、祖父の部屋を出た。

台所へ行くと母が一人座ってお茶を飲んでいた。僕が入ってきたのに目をやると、何か飲むかと言ったので、コーヒーを頼んだ。母は食器棚の乾物やお菓子が詰め込んであるコーナーの手前に置いてあるインスタントコーヒーの瓶を手にとって、こげ茶色の粉をスプーンに二杯マグカップに入れた。砂糖とミルクは要るかと僕にたずねたので、ミルクだけほしいと答えた。

「何かあったの?」

僕のくもった表情を見て母親が尋ねた。

「うーん。あのさぁ……おじいちゃんと桜って何かあるのかな……」

「えっ？　さくらって桜の木のこと？」

母は粉を入れたカップにお湯を注ぎ、冷蔵庫の中から牛乳を取り出してから少しだけ注ぎ加えスプーンでかき回しながら僕の方にさし出した。

「うん」

「どうしたの、急に？」

「ちょっとね……」

今度は自分のお茶を入れるために急須にお湯を注いだ。

「何かって、何が？」

「よく分かんないんだけどさ、何か因果関係とか思い出とかそんなもの」

「うーん、そうねぇ、そう言えばおじいちゃんは桜が嫌いだったわねぇ」

「……嫌い？」

「うん。ほらやっぱりこういう時期には皆で花見をしたりするじゃない？　けど、おじいちゃんはどんなに誘っても絶対に行こうとはしなかったわねぇ。この時期は特に外に出たがらなかったし、お母さんも最初は不思議で、どうしてなのか聞いたんだけど、だまりこくって何も言わなかったのよ。ただ、桜が嫌いなんだってそれだけなの」

「へー……、他には？　他には何かないの？」

「あんた急にどうしたの？　今日昼間おじいちゃんと何かあったの？」

「いや、別に。ただちょっとね……」

「……」

僕は今日の昼間に僕と祖父の間で交わされた出来事をなぜか他の人に言う気がしなかった。というより、言ってはいけない気がしたのだ。母は何かを考え込むようにじっと僕の方を見ている。

「母さん、明日は土曜日だからお弁当いらないからね」

妹の実《みのり》が台所に顔だけ出してそういい残すと、二階の自分の部屋に戻っていった。はいはい、と返事をして母は少しため息をつきながら話し始めた。

「高友や実にはまだ話してなかったんだけどね、おばあちゃんも死んじゃってもうずいぶん経つしおじいちゃんもああいう状態だしね、別にあえて話すことではないと思っていたから言わなかったんだけど……」

母は少し言葉をためるように沈黙した。

「おじいちゃんって昔から少し放浪癖があったのよ。ふらりと家を出て二、三日帰ってこないこともあったりね。最初の頃はそりゃおばあちゃんやお父さんも心配していたんだけど、一応ちゃんと帰ってくるから初めの頃に比べるとみんなもさほど心配しなくなってね。だけどいつ頃だったかしら……そう、あれは高友が生まれる何年か前だったわね。また突然ふらりといなくなってね、始めはその内帰ってくるだろうって、いつものことだろうって思っていたんだけど、そのまま一カ月くらい経って、それまでどんなに長くてもせいぜい一、二週間だったからみんな心配し始めて、二カ月程してもやっぱり帰ってこないからとうとう警察に捜索願をだしたのよ。それでも行方が分からなくてそのまま一年、二年が過ぎて、もうだめだろうってみんなどこかであきらめていたの。その頃のおじいちゃんは定年退職で仕事を辞めたばかりで家にいてもぼーっとしてるだけでね、何か思うところがあって家を出たのかも知れなかったけど、今でもその理由はやっぱり分からない」

放浪癖……。その言葉を聞いた僕の頭の中に、祖父がまるで実体のない、スポンジのような地面に足を取られながら歩いている、そんな姿が浮かんできた。

「ところがね、お母さんがあんたを身ごもってちょうど臨月の時期でみんながバタバタしている時にねひょっこり帰ってきたのよ。げっそりしてたわねぇ。そりゃあみんなびっくりしたわ。もうどこかでのたれ死んでるくらいに思っていたからね。どこへ行ってたのか、何をしてたのか聞いても一言もそれについては話さなかった。それですぐにあんたが生まれて、でもおじいちゃんはとてもうれしそうでね、覚えてないと思うけどあんたのことをすごくかわいがっていたのよ。だけど、その間約五年くらいかな、おじいちゃんには私達家族が知らない空白の時間があるのよ」

母は一口お茶を飲んだ。家族も、誰も知らない五年間の月日。僕はその五年間という空白の時間の中に昼間祖父が言っていた言葉があるような気がした。それはかなりの確実性を持って感じたことだった。たぶん祖父はその間にあった出来事は誰にも言うまいと心に決めていた。だけど何を思ったか僕に話した。僕は何かを知らなくてはいけない気がした。

「他には何かない？」

そうねぇ、と母はお茶が入った湯飲みを両手で持って揺らしながら呟いた。

「そういえば……十年くらい前からかしら、それまで母さんが追い立てないと外に散歩さえ行こうとしなかったのに、それぐらいから昼間か夕方か頻繁に散歩に行くようになったの」

「十年くらい前？」

「そう、あんたが十歳になったくらいからよ」


僕はその晩ベッドに入ってからもあまり寝つけずに、相変わらず祖父のことを考えていた。僕にとって祖父は何か不思議な存在だった。家族の中でも特別に静かな存在であったので、ともすれば存在自体がないような、けれどもその静かさゆえに僕の中では重要な存在だったのだと、祖父が入院して家にいなくなってから、僕の心の中に祖父の不在という空間ができていることに気付いた。僕にとって祖父と共に過ごす時間は、とてもゆるやかで心の落ち着きを得られる愛すべきものだったのだ。祖父の方でも同じように家族の他の誰よりも、僕との時間をそういうふうに感じてくれていることは何となく感じられた。

あれはいつのことだったか、僕がまだ小学生で夏休みに家でカッターナイフを使って何かを作っていた時、誤って指をざっくり切ってしまったことがあった。その時家には祖父しかおらず、僕が血で溢れている指を押さえながら祖父の所にいくと、祖父は僕の指をじっと見てから突然その指を自分の口にくわえた。僕が驚いて祖父の顔を見ると、高友もやれと僕にもそれをやらせた。そして、自分の血の味を覚えておくんだ、と言った。僕は自分の血の味が生ぬるくて、鉄っぽい味がするなぁとぼんやり思ったことを覚えている。そんなことを思い出して僕はいつの間にか眠っていた。

病院から祖父の死が伝えられたのは、その次の日のことだった。

それから一週間くらいはお通夜だのお葬式だので家の中はとてもバタバタしていた。いろんな人が家にやって来ては帰っていった。母と妹は泣いていたけれど僕は泣かなかった。僕には祖父がこの世に残す未練なんてものはないと思っていた。それは病院での祖父を見ていて、また家にいる時の様子を見て常に感じていたことだった。けれどもたった昨日、祖父に言われた言葉、それが僕の胸にひっかかり、そのために祖父の魂は昇天していないような、そんな気がした。だから祖父が残していった言葉の持つ意味を探り当てることが僕にとっての祖父への弔いだと思った。というのは表向きで、実は僕はただ単純に興味があったのだ。母が言った祖父のその空白の五年間というものに。そして大学生の僕にはありあまる程の時間があった。

家の中が少し落ち着いて家族会議がとりおこなわれ、祖父の遺物の整理が始まった。僕は自ら本の整理係をかってでた。

僕はとりあえずあの膨大な数の本を整理しながら、何回かに分けて古本屋に売りに行くことに決めた。そのうちに何か見つかるだろうと僕は気楽な気持ちだった。後にその気楽さを後悔するはめになろうとは思わずに。

僕の住んでいる街の駅前の商店街の少しはずれたところに確か古本屋があったことを思い出し、さっそく行ってみることにした。

駅前の商店街から一本裏の道に入り十分ほど歩くと、古い作りの板金屋、畳屋があり、そこから二軒はさんだところにまた同じように古い店構えの古本屋があった。「古書片山」と木の看板に毛筆で書かれたその古本屋は入る前から埃と黴のにおいが想像できるような古くささが漂っていた。

ところで僕はあまり古本屋というものを活用する人間ではない。あまりというかまったくと言った方がいいかも知れない。というのも僕は本というものをほとんど読まない人間だからである。正確には読まなくなった人間である。確か、十九歳くらいまでは普通に本を読んでいた。いやどちらかというと読書量は多い方であったかも知れない。けれど今では本というものにほとんど縁のない生活を送っている。

というのも僕が本をよく読んでいたもう少し若い頃、僕は常に本に何かを期待し、僕が分からないことの何かの答えを捜していた。その頃の僕は多分誰もが通る道であると思われる問題に直面していた。まさしく人生の不条理というやつに。だから僕は本を何か救いの書というのか、そういうふうにいろんな本をむさぼり読んだ気がする。ドストエフスキーやらヘッセやらカミュ、ランボーの詩も、夏目漱石や森鴎外、坂口安吾や芥川……他多数。僕はとにかくいろんなことを求めていたのだ。確かにその時自分の世界観は大きく変わった。そして自分を取り巻く世界や価値観というものは一度崩壊の時を迎えた気がした。けれども、結局最後に残ったものは個という自分の存在のみであった。そうして根本は何も変わっていないということに戻っていくのだった。本というのはそれ自体に答えが書いてあるのではないということに、やっとある時気付いた。本というのは僕の、あるいは読む人の考え方や思想を少しクリアにして、さらに展開させるための一つの道具にすぎない。僕はそれ以来本を読んでいても何かぼんやりしてしまって、膨大な数の文字の組み合わせをただ眺めているだけになってしまった。そうしてだんだんその世界から離れていってしまい、終いには本というものを全く読まなくなった。その時から僕にとって本は不必要なものになったのかも知れない。

そういった事情から僕は何年かぶりに古本屋の中に足を踏み入れた。中に入ると想像していたとおりに古本独特の黴臭い臭いが鼻につんとくる。店自体は大きくもなく、かといって小さすぎもせず、本や雑誌が小ぎれいに整頓されて売られていた。店内の両側の壁際に木製の大きな本棚があり、その真ん中に少し背の低い本棚が背中合わせに配置されていた。漫画は置いておらず、辞書から相当古そうな有名作家の初版や文学全集、実用書、ハードカバー、文庫、あとは古くなった雑誌が置いてあった。レジのところに店の人は誰もいない様子だった。不用心だなと思いながらすみませんと声をかけた。何の返事もない。僕はもう一度さっきより心持ち大きな声で、すみませんと言った。二階からトントンと階段を降りてくる音がした。店に現れたのは若い女の人だった。僕は正直驚いた。こんな古ぼけた古本屋にいる店番は、母親くらいのおばちゃんか年老いたおじいさんだろうと勝手に想像していたからで、僕はその女の人の顔をまじまじと眺めた。とても不思議な顔立ちだった。格別美人ではないけれど、何か人を惹き付けずにはおかないような、懐かしいという言葉はとても変だけれど初めて会ったにもかかわらず前に一度どこかで会ったことがあるような、そんな気がしてならなかった。色が透けるように白く、ショートヘアに切りそろえられた髪は真っ黒でさらさらしていた。僕はその彼女の涼しげな目に見つめられると、二十二歳にもなって恥ずかしいことに身体中がかーっと熱くなってしまった。

「何か用?」

彼女の声にはっと我に返って、言葉を探した。そして本を売りたいのだが、とにかくたくさんあるので、それでも引き取ってもらえるのかどうかを聞きに来たと伝えた。彼女は少し微笑んだ。

「とにかくたくさん?」

「はい、軽トラの荷台分くらいは余裕であるんですけど」

「軽トラって?」

僕は白くて後ろに荷台があって、大きさはこれくらいでと彼女に軽トラの説明をした。同時にこの人はちょっと頭が弱いかも知れないと思った。彼女は家の者に聞いてみないと分からないと答えて、そして今家の者は皆外出中なのだと言った。僕はまた出直しますと言おうとしたら、彼女の方が先に口を開いて、母がもうすぐ帰ってくるかも知れないから家に上がって待っているのはどうかと言ってきた。いつもの僕だったら断っていただろうけれど彼女に対して感じた不思議な印象が僕を引き留めさせた。はっきり言ってしまうと僕は彼女にとても強く惹かれたのだと思う。彼女は先にトントンと二階に上がっていき、僕もそれに続いて二階に上がった。階段を上ると左手に短く細い廊下があり、その廊下を奥に向かって進む途中に二つ部屋があった。そして突き当たった一番奥の部屋がどうやら彼女の部屋らしかった。彼女の部屋に通された僕は、適当に座ってという彼女の声に従って部屋の真ん中にある小さな長方形の古い卓袱台の横に腰をおろした。若い女性の部屋にしてはかなり殺風景な部屋だった。ドアから見て左奥の端に薄いグリーンのベッドカバーがかけてあるベッドが一つ右奥の端に木製の椅子、小さなCDラジカセがぽつんとのっている机があって、その間には窓がある。部屋の中心に僕の座っている小さな卓袱台があってその他には何もなかった。彼女が若い女の子であると象徴するものは、机の上の長細い透明のグラスに生けられていた一本の桜の枝だけだった。僕の目線のやり場に彼女は気付くと、

「綺麗でしょう?」

と言って、僕の座っている向かいに座った。

「私、桜の花って好きなの。この薄いピンク色が好きなの。薄い花弁の色ってこの春の時期のふわふわした感じと何か寂しい感じを表してるような気がしてね。あなたは? えーっと……」

野中高友です。と自分の名を言った。彼女はちょっと笑ってから、

「私の名前は片山萌といいます」

と言った。僕は好きとか嫌いとかそんなふうに感じたことはないと、ただ春を彩る色であり花であるというただそれだけのものだと思うと答えた。彼女は、そう、と答えてからじーっと僕の方を見てそんなふうに言った人ってあなたが初めてだわと言った。

「たいがい皆、桜は好きっていうの」

それから二人ぼんやりと窓から見える空を眺めていた。僕は目線を彼女の顔に移した。空をぼんやり見ている彼女の横顔はとても美しかった。彼女は僕の目線に気付いてそれを受け止めるようにゆっくり笑う。僕はとても彼女の唇に触れたい気持ちになって、実際そうした。そして僕らはどちらからともなく近寄ってキスをした。彼女の唇はとても柔らかくて気持ちよく、いつまでもそうしていたい思いに駆られた僕はもっとその感触を味わいたいがために彼女の背中に手をまわそうとした。けれども彼女——萌の手がそれを制した。僕たちはゆっくり離れてお互いの顔を見つめ合った。

「高友くんの唇は思ったより柔らかいのね、見た目は少し硬そうなのに」

「硬そう？」

「ええ」

「……良かったね」

「ええ、良かったわ」

僕はさっき萌が言っていたように何か春のふわふわした感じというのに包まれている気がした。そうして彼女とキスする事は彼女と会った時から決まっていたことのように、とても自然なことであったと感じた。私たち変ね、初めて会ったのに、でも前に何処かで会ったことがあるような気もする、という萌の言葉に僕も不思議とそう思うと答えた。後になって僕はこの言葉の持つ意味を苦い思いで振り返ることになろうとは、この時は予想だにしなかった。萌は静かな動きで立ち上がって机の上にあるCDラジカセの電源を入れて再生ボタンを押した。萌は一つ一つの動作には静寂の空気が漂っている。僕はとても好ましい思いでそれを見ていた。スピーカーからはJ・S・バッハのG線上のアリアが流れてきた。

「バッハが好きなの？」

「ばっは……？」

「正確にはヨハン・セバスチャン・バッハと言うんだけど……。この曲を作った人で、他にも名曲はたくさんある昔の有名な作曲家なんだよ。ドイツ人なんだ」

僕はこれぐらいは常識だと思う、という言葉を飲み込んだ。何となく萌には僕の知っている常識とかそんなものは通じないような気がしたし、そんなことは大して重要じゃないことだと思ったからだった。

「この曲を作った人はバッハと言う人なのね。こんなに美しいものを作れるのだからきっとすごい人なのね」

「……あぁ、きっとそうだね。僕もそう思うよ」

ＣＤは二、三枚しかなくて、この曲はとても気分が良くて天気の良い日にかける曲なんだと萌はうれしそうに話す。とても美しい旋律はこの部屋の中をなめらかに旋回して天井の上までにも滲みだしていく。僕も萌も、桜の枝さえも全てが昇華されていくような気がした。僕は祖父の病室で感じたあの静かでゆるやかな時間がこの部屋にも流れていることを感じた。

それからどれくらいの時間が経ったのだろう。空が突然曇ってきて僕は急に現実に引き戻された。萌の母親はいつまでたっても帰ってこない。それにもし今母親が帰ってきたら僕のことを変に思うのではないかと、今更ながら思った。そろそろ帰ることにすると言うと、

「母はすぐ帰って来るって言っていたから……ごめんなさい。長いこと引き留めてしまって。本のことは今日の内に聞いておくので、明日の朝にでも電話をください」

と言って、僕に電話番号を書いたメモ書きをくれた。僕の方こそつい長居をしてしまって申し訳なかったと言って「古書片山」を出た。

家へ帰る途中いよいよ雲行きがあやしくなって、あたりがまるで夜のように暗くなって来た。僕はさっきまでの空の色と萌の部屋でのことを思って空を見上げると何か不吉な予感にとらわれた。それはぬぐってもぬぐっても消し去ることのできない、まさしくこの空のようなどす黒い色の染料が一滴二滴と、柔らかい、リネンの、ちょうど萌の部屋にあったベッドカバーのような布地に落ちて染みていくような、そんな気分だった。そうして萌はもうバッハは聴いていないだろうと、少し切ない気持ちになった。

僕は早速次の日の朝「古書片山」に電話をかけた。電話に出たのは萌の母親のようであった。快く引き取ることを承知してくれたので、僕はいっぺんには無理なので何回かに分けて車で運ぶことを伝えた。向こうも何回かに分けて運んでくれる方が助かると言った。そうして出来ることなら日にちも分けてもらいたいと言った。整理するのが大変だからと。

邪念だけれど僕もその方が萌に会える回数が増えることになると思って快く承諾した。それでは明日から持っていきますと言って電話を切った。萌の声が少し聞きたかったけれど、何と言っていいのか分からなかったので取り次ぎは頼まなかった。昨日から僕の頭の中には「萌」という人が居座ってしまったみたいだと思った。僕の前頭葉の細胞の上に、まさしく静かに座っているようなそんな感じだった。

明日のために本の整理をしようと思い、祖父の部屋に入って用意しておいた段ボールを組み立てた。まず手始めに部屋の入り口に近い壁際に積み上げられた本をしまうことにして、一番上に乗っている本を一冊手にとって見ると、それは「フロイト主義とマルクス主義」というタイトルの翻訳本のようだった。そしてその下からもフロイトの「夢判断」とか「精神分析入門講義」だとか、ユングだとか精神分析学系統の本がずっと積み重なっていて、その後には哲学書が続いていた。祖父がそういったことに興味を持っていたことなどもちろん知らなかったので、祖父の内包していた世界を少し覗き見たような新鮮な驚きがあった。そして、改めて自分が祖父のことをまるで何も知らないんだということに気付いた。僕は本を一冊一冊パラパラと中身をめくってから段ボールに入れていくという作業を繰り返した。あっという間に二箱分がいっぱいになった。けれどもこれといって祖父が言っていた言葉に関係するような本は出てこない。僕は黙々と作業を続けた。そして段ボールの数が十個目を数えてもやはりこれといって何も出てこない。段ボールのせいで部屋がいっぱいになってしまったので今日の作業はそれで終了になった。あの本の中に祖父の言った言葉の秘密が隠されていると思ったのは間違いだったのだろうか、僕は作業の疲れを感じて自分の部屋に戻り一服する事にした。台所に行って父親の晩酌用の缶ビールを一本取りだして二階の自分の部屋に戻り、ビールを一口飲んでから煙草に火をつけた。そして母親が言っていた言葉を頭の中で整理してみる。祖父はちょうど僕が生まれる時に帰ってきた。ということは今から二十二年前の一九七九年に家出から戻ってきた。ということになる。その約五年前にひょっこりといなくなった。祖父は八十八歳で亡くなったから、だいたい六十一歳（一九七四年）くらいの時に家を出て六十六歳（一九七九年途中）までの間、消息不明であったという計算になる。僕は忘れないように側にあったノートにそれらのことを書き込んだ。そして僕が十歳になるころによく散歩に行くようになること、その下に「桜・本・手紙」の言葉を大きく書いてしばらくそれらの文字を眺めていた。けれど、とうとう僕は鉛筆を放り投げた。そうしてビールをゴクゴクと飲んでベッドにもたれかかった。さっぱり分からない。

翌日の日曜日に僕は昨日詰めた段ボールを五箱程、中古のサニーに積み込んだ。そして「古書片山」に向かう。僕が「古書片山」に着いたとき、萌の両親と思われる二人――だいたい五十五歳前後に見える――が車に乗り込むところだった。僕は一応挨拶をした方がいいだろうと思いその車に近づいて声をかけた。僕が挨拶をすると、母親が僕の声に振り向いて、あぁ、と言いちょっとこれから出掛けるから本は萌の指示に従って運んでくださいと僕に言った。僕は返事をして、父親にも軽く会釈をすると車はその場を立ち去っていった。二人は普通の、どこにでも居るような真面目な感じの夫婦だった。そして萌はどちらにも似ていないと思った。

僕は店内に入り声をかけた。二階から階段を下りてくる音が聞こえて萌が店に顔を出した。萌の顔を見た瞬間、僕はあぁ、萌に会いたかったんだという自分の気持ちに気付いた。萌はにっこり笑って、あがってと言ったので僕は本を持ってきたことを伝えた。

「分かってるわ。でもその前にお茶くらい飲んでもいいでしょ」

そうして僕はまた萌の部屋の昨日と同じ場所に座っていた。萌は下から、唐草模様の入った陶器の湯飲みにお茶を入れて、昨日はお茶を出すのも忘れていたからと言いながら部屋に入ってきた。何気なく部屋の中を見まわしていると、昨日とは違って机の上に一冊の本が置かれていた。僕は立ち上がって机の前に立ち、その本を手に取った。「アンジュール・ある犬の物語」と書かれたその本をパラパラめくってみる。それは言葉というものがない、絵だけで構成された絵本だった。内容は、一匹の犬が車から捨てられて、いろんな所を彷徨い、最後に一人の少年に出会うという物語で、全部の絵が鉛筆デッサンで描かれていた。鉛筆の繊細さと力強さとが調和され、その立体感が美しい絵だった。シンプルな白と黒の世界でも、無機質な感じとは正反対に、暖かみや切なさや、そんな感情的な部分に迫る感じがした。けれども僕自身には、全体を通して特に胸にぐっと迫るとか、感情に触れるような部分は出てこなかった。それは僕にとってあまりにも遠く感じられる世界だったのだ。どこまでも二次元的な世界の印象は僕の介入する場所を与えていない気がした。

「私、文字を読むのが苦手で、おかしいでしょう古本屋の娘なのに……。それはいつだったかよく来るお客さんが置いていってくれて、私のお気に入りの本なの。もう何回も読んでるの」

特にここと言って萌はページをめくって、広大な砂漠か海岸かを犬が彷徨い歩いている所を開いた。犬はどこへ行くともなく歩いて、立ち止まっている。

「この犬は一体どこへ行きたいんだろうって、何を見てるんだろうっていつも考えるわ」

萌は少し寂しそうな顔をしながら言った。僕はその萌の言葉を聞きながら病院で寝ていた祖父の眼差しを思い出していた。

ふいに隣に立っていた萌の手が僕の腕に触れた。僕は萌の方を向いて少し頭を下げ顔を見つめる。彼女も伏せていた目線を僕に合わせる。行くあてもない寂寥感が鈍い光を持ち萌の目を潤ませていた。僕は、萌の唇を指で触れてから自分の唇を重ねた。そして萌をそのままそっと抱きしめた。

「萌とやりたい」

僕は萌の髪に手を入れながら言った。

「私もしたいわ」

僕たちはそのままベッドまで行き抱き合った。萌の身体は思った以上に白く柔らかかった。形のいい乳房をそっと口に含むと萌はしっとりと吐息をもらす。予想外というか予想通りなのか萌はもうすでに男の人を知っていた。

「高友君のあそこ口でしたげる」

と言って萌は身体を下にずらしていった。僕はもう完全に彼女に支配されていると感じた。そしてその支配はなんて甘くて心地よいものなのだろうと。

その行為が終わってから二人ベッドの上で抱き合ったままぼんやり天井を見ていると、突然萌が口を開いた。

「私、ここの家の本当の娘じゃないの」

僕が疑問を持った目で萌の顔を見ると、

「私が十三歳か十四歳の頃にここのお母さんとお父さんに引き取られたの。それまでは施設で暮らしてた」

「養子ってこと？」

「養子って言うの？　そう言うのって？　私バカだからどこの施設で育ったとか、本当の母親の顔とか父親の顔とか何も覚えてないの」

萌はバカじゃないよと言うと、彼女は恥ずかしそうにありがとうと言った。

「私、明日で二十四歳になるの。でも明日が本当に自分の誕生日なのかどうかも分からないの」

僕は何か言ってあげたかったけれどどうまく言葉が見つからなかったので、かわりに萌の身体をぎゅっと抱きしめた。そうして僕たちはまた抱き合った。

その後も僕が本を持って行って、萌とそういうふうになるのが三、四回続いた。萌が両親の居ない時を前もって教えてくれていたからだった。僕は夢中で萌の身体のありとあらゆる所を愛撫した。けれども何か萌の核なるもの、萌の中心にあるものには触れられないというジレンマを絶えずどこかに感じ続けていた。

そして相変わらず祖父の本たちの中からもこれといって核心に触れるようなものは出てこなかった。

桜の季節も過ぎ去って、新緑が勢いよく街に映え出す頃には祖父の部屋の本棚も空になり、僕は最後の段ボールに本を詰め終えてしまった。そしてやはり捜しているものは何も見つからなかった。僕は釈然としない思いで「古書片山」に向かった。その日も萌の両親はいないはずであったのに、僕が着いて店に入っていくとそこに萌はおらず、かわりに母親が座っていた。僕がこんにちわと声をかけると萌の母親はにこにこしてご苦労様と言った。

「あなた友之助さんのお孫さんだったのね」

僕は驚いて萌の母親の顔を見た。

「祖父をご存じですか？」

「ええ、大変よく知ってますよ。友之助さん週に三回はここに来てたのよ。いつも夕方くらいにふらっと来て何か買っていくときもあるし、何も買わずにただ見てるだけの時もあるし、実際あなたが持ってきた本もうちで買っていったものが多いんですよ」

僕はただただ驚いてその話を聞くだけだった。

「友之助さんはお元気？」

「祖父は先月亡くなりました」

「ああ、そうなんですか……。しばらく姿を見ないと思ったら。萌が寂しがりますよ、あの娘、友之助さんとすごく仲が良かったんです」

「仲が良かった？」

「ええ、それはもう二人楽しそうにここでよく話していましたよ。何を話しているのかはよく知らないですけど。そういえば毎年この桜の時期になるといつも桜の枝を持ってきてくださってね、萌は桜が大好きだからとてもうれしそうで、でも今年は来てくれなかったと少し寂しそうにしていました。友之助さんのお体の具合が悪いなんて知らなかったものですから」
祖父とこの古本屋との意外な接点を知って僕は驚き、そして家での無口な祖父を思い返して、信じられない思いだった。僕の心の中で何かがカチッと音をたてて合わさるようなそんな感じがした。母が言っていた祖父の散歩の行き先はここであったのではないのだろうか。頭の中を萌の部屋に生けられていた桜の花がよぎる。そして今の話からすると祖父は本当は桜が嫌いなわけではなかったのかも知れない。いや、嫌いではなかったのだ。僕は何かがつかめたような気がして、とりあえず急いで店の奥の書庫に本を運び終えてから、挨拶もそこそこに店を出た。

家についてから僕は祖父の部屋にもう一度行ってみた。空になった本棚と祖父の部屋をじっと眺め回して、頭の中で今までのことを整理しようとした。祖父の散歩の行き先が「古書片山」であるとすると……、散歩に頻繁に行き始めたのが十年前だった。萌は今年二十四歳になって、あの家に養子としてもらわれたのが十三歳か十四歳の頃だから今からちょうど十年前……。そして祖父と萌は仲が良かった。この奇妙なつながりは何なのか。

これは単なる偶然なのであろうか。僕の直感は明らかに偶然ではないという結論を出していた。僕の推測が正しければ、祖父は「古書片山」に萌に会いに行っていた、ということになる。僕はそこで祖父と萌は何らかのつながりがあるのではないかという確信に近い考えに至った。けれどもその何かが分からない。僕の頭の中のもやもやとからまっていた糸が少しずつほどけていくような感じだった。

けれどもそこで僕は何か強烈に嫌な予感がした。萌に初めてあったときの印象と今の萌への愛おしい気持ちとが僕の中で一体となってうずまき、それは灰色になり、さらに黒い煙が底の方からたちのぼってきて、大きな雲のような物体になって僕の胸の中を占拠してしまった。それは大きな不安という感情だった。その不安の根本は、自分でも不透明な、まさしく祖父の空白の五年間とつながっていることは明らかだった。

「高友、電話よ」

台所から母の声がした。僕は祖父の部屋から電話の相手を尋ねた。

「片山さんていう方からよ」

僕は祖父の部屋を飛び出して電話に出た。

「もしもし」

「もしもし、萌です。今の人お母さん？　優しそうな声の人だね」

「どうしたの？」

「今日、私いなくってごめんね。急用ができちゃって」

僕はそんなこと気にしてないと言った。萌が今からちょっとだけ会えないかと言ってきたので、僕たちは駅前の本屋で待ち合わせた。僕が本屋に着くと萌はもうすでに待っていて、笑いながら僕に手を振ってきた。僕たちは駅の裏側の商店街がない方の道をぶらぶら歩いていた。

「私たちって会うのはいつも本屋が最初ね」

言われてみればそうだった。

「高友くんの家族の話を聞かせて」

「どうして？」

「別に大した理由なんてないの、ただ聞いてみたかっただけ」

僕は普通のサラリーマンの父と、週に三日ほどパートに出ている母と、生意気になってきた高校生の妹の話をした。萌は楽しそうに僕の話を聞いていた。そして最後に祖父が最近亡くなったことも話した。祖父の話をした時に萌の顔をちらっと見たけれど、何も表情の変わったところはなかった。

「おじいさん……」

「えっ?」

「おじいさんってどんな人だったの?」

萌の目はまっすぐ前を見ている。僕は家では殆ど何も話さなかった祖父の話をした。そして本が好きだったこと。それは萌も知っていることだろうと。

「ええ、知ってるわ」

「祖父のことだったら僕よりも萌の方が知っているんじゃないの?」

「どうして?」

今日の昼に萌の母親から、萌と祖父が仲良かったことを聞いたんだと言うと、

「そうね……。家でそんなに無口な人だと思わなかったから。私、高友くんのおじいさん大好きだった。優しくて、暖かくて。だから、死んだって聞いてとても哀しかった。本当に哀しかった」

萌の口から祖父の話を聞くと、僕がまったく知らない二人の結びつきを改めて感じた。

そしてその結びつきは強いものであったということが何となく伝わってくる。けれども萌の口ぶりからは二人の間に何かがあるというようなものは、感じられなかった。

「人は死ぬと本当に星になるのかしら？」

僕は、そうかも知れないと言ってあげたかったけれど、うまく言葉がでてこなかった。あれは、おじいさんの星かも知れないわ、と萌は青白く輝く大きな星を指さして言った。

「……そうかも知れない」

「高友くんは運命ってあると思う？」

僕は運命論者ではなかった。というよりも何でも運命で片付けてしまうことや、そうする人が嫌いだった。けれど、僕自身、運命というものが存在するとは思っていた。

「私、運命はあると思うの。人の出会いって、運命だなぁって思うことが多いの。でもね、それがいつも自分が一番、本当に一番望んでいる時にその出会いがあるかどうかは、分からないなぁって思うの。それがまた運命なのかしらって思うけど」

「……どういう意味？」

「ううん。いいの意味なんて」

「運命は変えることができると思う」

萌はにっこりと笑って、そうね、と言った。

僕たちはいつの間にか小さな公園に着いていた。こんなところに公園があるなんて知らなかったと萌はうれしそうにブランコを漕いでいた。僕は、何か話があったんじゃないのかと萌に問いかけた。萌はブランコから飛び降りて、僕が座っていたベンチの隣に腰掛けて、ううん、ただちょっと会いたかっただけ、と言った。僕たちはしばらくベンチに腰掛けて少し冷たくなった夜風に吹かれていた。

公園の真中に大きな、相当の樹齢であると思われる桜の木が一本だけ立っていた。花はもう散ってしまっていたので、夜目には分かりにくいけれど淡い緑色の葉桜が風に揺られてカサカサと乾いた音をたてていた。

「桜、散っちゃったね」

萌は桜の木を見ながらポツリと言った。

「来年の春なんてもう来なくてもいいのに」

僕は萌の手を握った。萌の横顔が泣いているように見えたからだった。僕が何か言おうと口を開きかけた時、萌がその言葉の先を制するように僕の手を握り返した。

「ねぇ、高友くん、しようか」

僕はびっくりして萌の顔を見た。

「ここで?」

「うん」

萌と僕は公衆トイレの一番奥の個室に入った。そしてたったままそこで抱き合った。僕は萌の声が外に漏れないかと最初は心配になったけれど、途中からそんなことはどうでもよくなってしまい、いつもよりも敏感になっている萌の身体をただ激しく触れ、舐め、むさぼるように唇を吸い合った。

「私こんなところでやったの初めてよ。一生忘れない気がする」

終わった後に、トイレのドアの内側にもたれかかっていると、萌がそう言った。僕ももちろん初めてだった。

「私、高友くんとこうしてるの大好き」

「僕も好きだよ」

僕たちは自動販売機で一本のコーラを買って、二人で分け合いながら駅の方に向かってまた歩き始めた。そうしてその日はそのまま萌と別れた。

次の日の月曜日とその次の日の火曜日は大学の授業がびっしり入っていて、とてもハードな日々だったはずなのだけれど、僕の心は萌の方に向かって飛んでいってしまっていたので、気づくともう水曜日だった。僕はこんなに一人の女の子のことを思ったのは今までにない経験だった。けれどもよくよく考えてみると僕は萌のことを何も知らないということに気付いた。萌に恋人がいるのかどうかも知らない。仕事は……仕事は家事手伝いということになるのだろうか。そして何よりも重要なこと、僕の祖父とのつながりが一体何であるのかを知らなければならないのだったと、思い出した。

僕は日曜日以来入っていなかった祖父の部屋に入った。僕は押入の中にあったタンスの引き出しの中や、埃をかぶったがらくたが入った木の箱やらを手当たり次第に調べてみた。押入の中にはめぼしいものは何もなかった。押入れの戸を閉め、そのまま戸にもたれかかって部屋をぐるっと見回した。そうすると、あるところに目が止まった。部屋に敷き詰められている畳の色の違いである。入り口から入って左側に敷いてある畳、祖父の机がある畳、真中にある畳、祖父の部屋にある四畳半の畳の上のほとんどには本が積み重なっていたはずであったのに、たった一枚だけ本が置かれていなかったために日の光があたり、日焼けして変色しているのだった。僕は何か不自然な感じがした。この畳の上にどうして本が置かれなかったのか。僕はかがんで一枚だけ変色した畳の外枠を丁寧に見ていった。するとと明らかに他の畳と畳のつなぎ目とは違う様相をしていることが分かった。ぴったりとくっついているはずの畳同士が、その一枚だけは微妙な、遠目には分からない、細い隙間が出来ていたのだ。僕は高鳴る胸の鼓動を抑えながら、押入れにあった木の箱から釘抜きらしきものを取り出して、その畳の縁に差し込みゆっくりと畳を持ち上げた。畳は簡単に開いた。その中にはＡ４判程の大きさの黒い平らな漆器が置いてあった。僕は片手で畳をささえたままそれを取り出して、そっと畳を元に戻した。そしてその器の蓋を持ち上げるとその中には手作りと思われる本が一冊、ちょうど器の中心に置かれていた。角を見ると少し古くなっていたけれど、臙脂の布張りの表紙と中身とが丁寧に紐で綴じてあり、また埃もかぶっていなかった。僕には祖父がよほど大切にし、また頻繁に見ていたものだったということが伝わってきた。タイトルには毛筆でただ「文　ふみ」と書かれているだけだった。僕はおそるおそるその本を開いた。表紙の次のページには和紙に毛筆で「一九七五年～一九七六年　桜子の記録」と書かれていた。僕は西暦年数を見て、まさしくこれは祖父がいなくなった時期のものだということが分かった。僕はとうとう核心に触れたという思いに、少しの緊張が走った。次のページを開いてみたそれは白い紙に黒い縦の線のはいった便箋に書かれた手紙のようだった。パラパラと全体をめくってみると、全て同じようにボールペンで書かれた手紙が綴じられていたのである。そして祖父が言っていた手紙とはこのことだったと思い、僕は大きな達成感を感じてしばらくその本を眺めていた。この中に、誰も知らない祖父の秘密が記されているのだ。僕は一呼吸おいてから、覚悟を決めてその手紙を読み始めた。

二月十五日

拝啓　あなたは突然何も言わずに出ていってしまいましたね。あなたは私を独りぼっちにしましたね。私はとても、とても苦しくて、この心臓をつつんでいるもの、この古い部屋の砂の壁のようなものがぼろぼろ落ちていって、裸になった自分の白い肌が痛くて叫んでしまいました。それで外へかけだして、道端でカラスがゴミに群れているのを見ましたら、身体が全部ばらばらになりそうになって、私はばらばらにならないようにゴミ捨て場にあったビニールのひもで身体をしばったら、近所のおじさんがじろりと私を見たから、私が目を合わせると今度はまるで私がここにいないかのように扱って目をそらしましたので、私はまた叫びだしそうでした。

二月十六日

私はバカでどうしようもなくなってそれで先生に文字を教えてもらってあなたに手紙を書くことにしたのです。だけれど、先生に手紙を出すときは相手の住所が分からないとだめなんだ、と言われて途方にくれています。

二月十八日

火曜日と金曜日に隣に住んでいる先生に文字を習っています。覚えていますか？　隣に一人で住んでいた眼鏡をかけていた男の人です。とても静かな人でしたね。今日も先生に漢字を習いました。漢字はおもしろいですね。線を引いたりはねさせたりして。半年くらい前は「山」とか「川」とかだいたい三画で書ける文字だったのですけど、ここ一カ月くらいでは画数の多いものとか、熟語とか難しいものもたくさん習いました。ああ、「難しい」という文字も最近に習いました。先生はとても筋がいいとほめてくださいます。火曜日と金曜日以外の日も、毎日三時間ほど書いています。

二月二十五日
「残酷」という文字を習いました。ただ音だけで「ざんこく」と言ったり聞いたりしているよりも、漢字にするとより「残酷」な感じがするのは気のせいでしょうか。

三月一日
私は時々先生と情交します。先生は寂しいのだそうです。そして私の身体がとても好きなんだそうです。私は、私は先生の漢字を教えてくれる時のごつごつした手や、下を向いて顔が少し影になっているときなんかが好きですが、その他はよく分かりません。

三月五日
先生は時々三十歳くらいに見えるし、時々六十歳くらいにも見えます。だけど私は私の歳が分かりませんので、恥ずかしくて聞けません。あなたは何歳だったのでしょうか。先生が人間はだいたい八十歳くらいまで生きると言っていました。私は本当は七九歳で来年になったら突然死んでしまったりするのかも知れません。桜が咲いているのは好きなので死ぬのだったらその後がいいです。あなたは何歳になるのでしょう？　七九歳でないことを願っています。

三月十日

あなたはどこへ行ったのでしょう。この間先生が地図を見せてくださいました。私は私の住んでいる町の小ささに驚いて、最初は信じられませんでしたけど、今ではきちんと分かっています。あなたはもしかしてあの地図の広い部分を青くぬっていた太平洋という海を越えて遠いところへ行ってしまったのかも知れないと思いました。あなたの影というか空気というか、そんなものが近くに感じられないからです。あなたと住んでいた頃は漢字が読めませんでしたので、一人で駅にも行けませんでしたけれど今ならどこへでも行ける気がします。だけど、初めての時は切符まで買ったのにやっぱり怖くて電車に乗れませんでした。ホームまで行ってから、また帰ってきてしまいました。

三月十二日

あなたへの手紙をこうやって書いていましたら、あなたへ届かないことが不思議でなりません。本当に届かないのかしらと、毎日首をかしげています。

僕はここまで読んで、一度登場人物の整理をした。この手紙には、この手紙を書いている女性の「私」とその相手の「あなた」とその女性に文字を教えている「先生」の三人が出てくる。僕は初め、この「あなた」が祖父のことかと思ったけれど、この「先生」というのがどうやら祖父らしいと感じた。眼鏡をかけた静かな人という表現からもそれは間違いないであろうと思う。それにこの手紙を書いている女性は年齢的に若いような気がする。そしてこの女性が表紙の次に出てきた「桜子の記録」の「桜子」であると思われる。この桜子さんが住んでいる部屋の隣に祖父が住んでいて、週に二回彼女に文字を教えている。そして祖父と桜子さんはいわゆる愛人関係であったということになる。この頃にはまだ祖母は生きていたはずだったからだ。この「あなた」というのはおそらく以前に桜子さんと一緒に暮らしていた恋人で、なぜか急に姿を消してしまった。そして桜子さんは恋人への思いをつづった手紙を書き始めたというのが僕の解釈だった。この二月というのは一九七五年の二月のことであるのも分かった。けれどこの届かない手紙を彼女はどうしていたのか、そしてなぜ祖父がこの手紙を持っていたのか、という疑問があった。そして僕が少し思ったのは、この文面から感じる桜子さんという人が、何となく萌に似ているということだった。僕は祖父の空白の時間にはすごく重要なことが隠されているような気がした。家や病院での祖父からは想像もできないような事実があるのだと。僕は少し怖くなってきた。けれども、僕はここで止めることなどできなかった。もう引き返せないという思いに次へと読み進めていった。

三月二十日
私は今日、先生にいただいた着物を着ています。とてもよく似合うと先生に言われました。着物を着たらますます漢字が書きたくなりました。それも難しいもの。「小春日和」「民主主義」「虚構」「悪魔」……。
「虚構」というのはいまだに意味が分かりません。けれども「虚」という文字が何となく好きなので覚えています。「民主主義」もよく分かりません。「小春日和」は好きです。

「悪魔」というのは、悪いことのように言われているそうですが、私はそうは思いません。何かわんぱくでかわいらしい感じがしていいなと思います。それを先生に言ったら変だと言われました。変だと思いますか？

三月二十二日
今日はとても寒いですね。雪が降るかと思いましたが、降りませんでした。私はとてもぼんやりで窓から灰色と黒色が混じった空を見上げて一日を過ごしました。今日先生は何か用事があるとか言って、朝からいそいそと出掛けていきました。先生の後ろ姿はとても寒そうだったので、毛布はいりますかと聞きましたら、毛布はいいよ、重いし大きすぎるからと言われました。私は今毛布の中にいます。部屋に一つだけある電球もすごく寒そうです。おかしいですね、電球の色はいつも暖かいと思っていたのに。

三月二十七日
朝起きたらおなかが痛くて下着を見たら生理になっていました。どうりで最近眠いはずです。いつも眠そうだと先生に言われますけど、生理になるといつもより格別に眠いのです。一番初めに生理になったのはいつだったのか……もう忘れてしまいました。けれども何年経ってもこのナプキンというものには慣れません。どうして生理になるのかあなたに聞いたことがありましたね。あなたは女の子が大人になって赤ちゃんを産める身体になったことの証なんだと言っていました。

赤ちゃん、私はあなたの口から赤ちゃんという言葉を聞いてとても不思議な思いでした。あなたに、あなたと私の赤ちゃんは産まれるのかしらと聞いたら、「そんなことある訳ないだろう」と言われたのがとても悲しかったことを思い出しました。でも私はいつか赤ちゃんを産んでみたいと思います。

四月一日

あなたに書いているこの便せんがなくなりそうです。最初の頃に、間違ったのとかを捨ててしまっていたからでしょう。明日晴れていたら、近所の文房具屋さんまで買いに行こうと思っています。今のは先生がくださったものなので初めて買いに行きます。一人で買い物をするのは苦手で避けていましたけど、この便せんは少しがんばって買いに行こうと思います。先生がおっしゃるには二百円くらいだそうです。雪のように真っ白のを買おうと思っています。だけど、雨なら行きません。雨の日は外出しないからです。

四月五日

今日は珍しく朝起きしましたので、散歩をしようと外へ出ましたら、戸の前に小さい雀が死んでいました。雀はかちかちに固まっていました。先生に死後硬直という言葉を習いました。生き物が死ぬと身体が硬くなるのだそうです。私は何か思うことができずに、ただ胸の奥がずっと痛くて、死んでいた雀はまるで生きて飛び回っていたことが嘘だったかのように、ただ転がっていて、生きていない生き物があまりに普通すぎることもとても異様な感じがしました。何か木とか石とかそんなものにまぎれてしまいそうでした。私はその時ふとあなたがいなくなってしまった日のことを思い出しました。身体がばらばらになって周りのものと自分の身体が区別できなくなって、眠っているのか歩いているのか、自分がどこに立っているのか分からなくなってしまったあの日のことを思い出して、とても苦しく、とても悲しい思いで、もうどこへも行く気にもなれませんでした。雀は死ぬ前にそんなに苦しかったのだろうかと思うと、私の胸の奥の痛みはさらにひどくなってしまいました。ふと上を見上げると、他の雀たちは何も知らない様子で群れていました。もう、すごく疲れた気分です。

四月七日

先生が暖かい鍋焼きうどんを作ってくださいました。でも全部食べ切れませんでした。頭の中から死んでいた雀の姿がはなれません。今日はそれだけのことで終わってしまいました。

四月九日

先生が桜の木の枝を一本持って帰って来てくださいました。もう桜が咲いていることにも気付きませんでした。いつもは大好きな薄いピンク色も何か寂しい感じがします。

四月十二日

最近の私はとてもぼんやりです。私の頭の中で「死」という文字が広がっています。「死ぬ」ってどういうことなのでしょう。

四月十六日

今日は先生が無理矢理外へ私を連れ出しました。私があまりに部屋にこもりっきりだったからです。桜の並木道の下を歩きました。けれども私は桜の木々の間から見える空ばかり見ていました。空を見ていると自然に涙がこぼれてきて、自分でも驚いてしまいました。先生はもっと驚いて、何かあきらめた様子で私を家に連れて帰りました。私もなぜ自分の目から涙が出てきたのか分かりませんでした。

五月十九日

一カ月以上ぶりに手紙を書きます。

私はあなたが「死ぬ」ということを考えてみました。あなたが死ぬということは、あなたが息をしないということです。あなたが笑うことも、話すことも、怒ることもないということです。私がどんなにあなたに気持ちを伝えようとしても、もう届かないということです。あなたとのこれからの時間がなくなるということです。それを考えたら、この手紙を書いている時の手がふるえてきました。

けれども、私もきっとあなたとの中で死んでいくのだろうと思いました。あなたとの時間はもうないのですから。自分が死ぬということはとんでもなく痛くて苦しくて、怖いのだろうと思っていました。だけど、あなたとの記憶や思い出の中であなたの死と共に自分が死んでいくということがあまり怖いと思いませんでした。あなたがいない場所で私は生きていくことが考えられないのです。あなたが死ねば私も死ねばいいのだという考えにたどり着きました。

私はあなたが死んだら……と考えてみて死ぬということはあまり怖くないと思いました。

五月二十一日

私が「死」について考えたことを先生に言いました。先生は最初何もおっしゃいませんでした。そうしてずいぶんたってから「そうか」とぽつりと言いました。そうしてまたずいぶんとたって、先生の顔を見ましたら先生は静かに泣いていました。私はびっくりしてどうしていいのか分からず、ただ先生の顔を見ていました。そして男の人でも泣くのだなとぼんやり思いました。でも、先生を泣かせてしまったのは私なのかも知れないと思って、その原因はなぜか分からないのですけど悲しい気持ちになりました。

「おまえが死んでしまったら、私はどうすればいいのだ。私も生きてはいけないよ」と先生が言いました。

私ははっとしました。私があなたに対して思ったことを先生も同じように思ったのです。私は先生に悲しい思いをさせたことがとても辛くなりました。私はとても自分勝手だったのです。そうして自分はやはり馬鹿なんだと思いました。もうどうしようもなくなって、私も泣いてしまいました。先生にごめんなさいと何回も言いました。そしたら先生はそのたびにもういいよっておっしゃって、その日は二人抱き合って眠りました。けれども何か心にある悲しいものは消えることがありませんでした。

五月二十二日

あなたへの私の気持ちと、先生への私の気持ちと、私への先生の気持ちと、いろいろな感情があることを思いました。私は一人だけど一人じゃないような気がしました。その気持ちは反対のことなのでどうしてなのか分からなくなりました。

五月二十五日

ただ会いたいです。ただあなたに会いたいです。

五月二十七日
今日もただ会いたいです。

五月二十九日
今日もただ会いたいです。

五月三〇日
今日もただ会いたいです。

六月一日
今日も……最近漢字の練習にもなりません。だって同じことしか書いていないからです。
それでもただ、会うだけでいいのです。

七月五日
ほぼ一月《ひとつき》ぶりに手紙を書きます。
久しぶりに外へ出ました。世の中は気付かぬうちに夏になっていたようです。天気がとても良くて目に光が一杯に入ってきて突き刺さるようでした。目を細めながら見る光景は何かいつもと違った感じがしました。自分の周りに何重かの透明のガラスのような、けれどガラスほど硬いものではなくて、先生が前に教えてくださった天女がまとっているような……名前を忘れてしまいました。薄くて柔らかい布のようなものが囲っているような気分になりました。だから歩いていてもふわふわして、ふわふわしているのに、耳の下あたりがざわざわして、とても変な感じでした。天気はいいのに心は苦しいのが変な感じでした。

七月七日
天女がまとっている布は羽衣でした。昨日先生にまた聞いてしまいました。同じことを何度も聞くのは恥ずかしくて嫌なのですが、どうしても思い出したかったのです。
そう、私も羽衣が欲しいと思いました。そうしたら空を自由に飛べるのですから。そうしたらあなたに会いに行けますものね。けれど羽衣というのは現実には存在しないのだそうです。とても残念です。

七月十五日

私が気に入ってかわいがっていた子猫が何日かぶりに帰ってきました。左足のちょうど真ん中あたりに傷を作って帰ってきました。血はもう固まっていたので、赤というよりは黒に近い色のかぴかぴしたかたまりがついていました。私はきれいにそれを取ってやりました。子猫はまだ子供なのにちょっと大人びた感じがしました。それからこの子猫はどこへ旅に行っていたのだろうか、と思いました。私は一人で遠くに行くのはとても怖いので、この子猫の上に自分が乗ってどこかに行けたら楽しいのに……と思いました。

七月二十日

先生がお土産に買ってきてくれたお香をたいています。「白檀」の香りです。「びゃくだん」と読むのだそうです。知っていましたか？　インドという国にある木の香りだそうです。私はインドのある場所を地図で教えてもらいました。インドにはこんなにいい匂いのするがあるのですね。

ところで私は匂うことが好きみたいです。先生からは先生の匂いがします。それを言葉で表現することは私には出来ませんが、私の好きな匂いがします。子猫からは外の匂いがします。私はその匂いを嗅ぐだけで家の外の様子や風の様子や塀の上からのぞくお花や、いろんなことを想像しています。

ただ哀しいことは、あなたの匂いがもう思い出せないということです。木の匂いや土の匂いやいろんな匂いを嗅いでみてもどれもあなたとは違う匂いのような気がして、どうしても思い出せません。とても寂しい思いです。

七月二十六日
今日私はまた気付いたことがあります。それは私の気持ちの変化なのです。あなたに会いたかった気持ちが私の中で日々薄れていくことです。信じられないことに本当のようです。気持ちというのは時間の経過と共に変わっていくのでしょうか？　それは誰にも止められないのでしょうか？　自分自身のことなのに分かりません。それがとても腹立たしくもあります。そうして今まで気付かなかったことが、信じられません。

私はあなたへの気持ちがどんどん薄くなっていくことが不安で、怖くてたまりません。あなたの中でも私がどんどん消えていくのかしら……と思うと哀しくてなりません。私は自分の心を何か紐のようなもので硬く縛ってしまいたいと思います。

八月一日
最近の私は少し変です。どこが？　と言われてもうまく言葉で書けないのですけど。

八月五日
今日は先生と水浴びをしました。とても楽しくて気持ちよかったです。

八月十二日
「切ない」という言葉を先生に教えてもらいました。
先生に、哀しいのと、寂しいのと、それにちょっと痛いのと、あなたのことを思うとそうなります、と言いましたらそれは「せつない」ということなんだよと言われました。漢字にして書くと「切る」という字を書くのですね。心が切られるということなのですね。

けれどもその傷はそれほど大きな傷ではないような気がします。猫の爪に引っ掻かれてできたような傷のような、細くて小さい線がたくさんあって、痒くなったりする、そんな傷のような気がします。
私は切ないという言葉があまり好きではありません。だって「切ない」という字を見たら、本当に苦しくなってしまうのです。

八月十九日
今日は一日中雨でした。

八月二十日
今日も一日中雨でした。天に住んでいる生き物たちが泣いているのかなと思いました。

八月二十六日
先生と花火をやりました。そういえばあなたとも花火をしたことがありましたね。あの時は私は怖くてあなたがやっているのを見ているだけでした。今日は線香花火だけはやりました。先っぽの方でちりちり小さなお花を咲かせる線香花火はとてもかわいらしくて好きです。「線香花火」って香りが線のように匂うっていう意味なんでしょうか。

九月一日
夏の終わりの匂いがします。少し寂しい気持ちです。

九月六日
ある出来事がありました。とてもびっくりすると思います。私自身まだ信じられないことなのです。驚かないでください。私が、私がどうも妊娠しているようなのです。昨日、先生とご飯を食べていましたら急に気分が悪くなって、今日病院に行きましたら妊娠二カ月だと言われました。私はうれしいというよりも正直不思議な気持ちで一杯です。この私のお腹の中に命が生まれていたなんて……。先生もとても驚いていました。今日は二人ぼんやりと、ただその事を考えて過ごしていました。

九月七日

先生が突然「産んでくれ。そうして二人で育てよう」っておっしゃいました。私は、ただ「はい」と答えただけでした。はじめから私は産むつもりでしたから。けれども私はもし赤ちゃんを産むのだったらあなたとの子供だと思っていましたから、それがとても不思議です。私は、私と先生の間に出来た子供を産むことが、思ってもみなかったことなので不思議なのです。

僕はここまで読んでパタンとその本を閉じた。僕は猛烈に吐き気をもよおした。この祖父と桜子さんの間に出来た子供は誰なのか……。僕はその答えをこの手紙を読み始めたときから知っていたような気がする。僕はけれど、僕が思った答えを否定したかった。僕は目をつぶって頭の中で萌の顔や髪の毛や仕草を思い出していた。祖父はあまりにも重大なことを隠していた。頭を掻きむしった。いろんな事が一瞬ぶっ飛んで頭の中が真っ白になった。そして次の瞬間に全てがおかしく思えて笑いがこみ上げてきた。事実が次々と流れ込んでくる。僕はゆっくりと指を折りながら月を数えた。このまま順調に子供が生まれたとしたら……一九七六年の春には子供は生まれている。萌は、萌はおそらく、間違いなく祖父と桜子さんとの間に出来た子供だ。年齢的に考えてもぴったりと一致する。ということは萌は僕の家族、特に僕の父とは年齢の差はかなりあるけれども異母兄弟ということで血がつながっている。血のつながり、僕と萌は確かにつながっていた。それも汚すことのならない物質で。その時の僕には自分と萌との血縁的なつながりを冷静に考えることなどできなかった。萌の白い肌や柔らかい乳房や、吐息やそんなものと萌に対する強い感情とが胸の中でもつれて、めちゃくちゃになって僕はまた吐きそうになって口を手で押さえたまま祖父の部屋の窓を開け、一気に吐き出した。そしてその思いはどこにも行けないことで僕の頭はおかしくなりそうになった。僕は机の上にあったその本を祖父の部屋の壁に投げつけた。こんな重大なことを黙っていた祖父に対しても強い憤りを感じた。

しばらくは何も考えられないで、ぼんやりとそこに座っていた。そしてポケットから煙草を取りだして火をつけた。どれくらいの時間が経過したのだろうか。五分なのか、五時間なのか分からない。僕の頭に幾分、冷静さが戻ってきた。僕は部屋の隅に自分が投げた臙脂色の表紙の本を見やった。そして拾い上げてじっとその本を眺めた。

この手紙の中に出てくる祖父は僕たち家族が全く知らない一人の男だった。そしてこの秘密をかかえもったまま祖父は死んでいくつもりだった。なぜ死ぬ直前に僕にうち明けようとしたのだろうか。やはり疑問点はいくつか残った。そしてこの桜子さんは一体どうしてしまったのだろうか、萌はどうして施設に預けられ、片山夫妻にもらわれていったのか、さらに「あなた」を思い続ける桜子さんを深く愛してしまった祖父にとって、この手紙は苦しい物ではなかったのか。これがどうして祖父の手許にあって大事に保存されていたのか。

僕はまた本を開いた。もう何を知ってもこれ以上自分にとって、衝撃的なことはないだろうと思った。僕はとにかく前に進まなくてはいけなかった。

そこからも桜子さんの妊娠してからの穏やかで、平和な日々が書き綴られていた。そしてその側にはいつも祖父がいた。とても愛に満ちあふれた生活がそこにはあった。けれどもやはり、その手紙は全て「あなた」に対して書かれたものだった。

ところがその手紙がちょうど一九七六年の二月の日付で突然の終わりを知らしめる内容になった。

二月七日

あなたに急で悪い知らせがあります。私たちが暮らしていたこのアパートが壊されてしまうそうです。先生が新しいところに部屋を借りて一緒に住もうとおっしゃってくださいました。そしてあなたへの手紙を書くことをやめるようにと言われました。先生と私とこれからの時間だけを見て過ごして欲しいと言われました。

私はあなたのことを忘れなくてはならないんだと思いました。私は哀しい気持ちになって毎日泣いていました。先生も少し泣いているようでした。私ははじめて「孤独」というものを知りました。先生は孤独なんだそうです。先生はたった一人なんだそうです。忘れるということは難しいです。けれども先生の言った言葉と、先生の孤独を思うと、もう私は手紙を書くことができなくなりました。私は、私と先生とこのお腹の子と三人で新しいところで暮らすことに決めました。

あなたが出て行ってから二回目の春がもうすぐです。さようなら。

敬具

僕はあっけないこの手紙の最後を何度も読んだ。そして祖父と桜子さんのその後や、僕の疑問は何も解決されていないという釈然としない思いに駆られながら次のページをめくるとそこはもう裏表紙になっていた。僕は何か隠されていないかとまた表紙から順番にゆっくりとページをめくっていった。そしてまた裏表紙にたどりついた。僕は何度かその動作を繰り返しているうちに、裏表紙が表表紙に比べて少し分厚いことに気付いた。そして裏表紙をもう一度よく見てみると、中側にもう一枚同じ臙脂色をした布でポケットが作られていることが分かった。

その中を見るとそこには一通の手紙が入っていた。広げてみるとそれは一通の手紙であった。差し出し人はその筆跡から祖父であることが分かった。けれども宛名は書いていない。僕は祖父の書いた手紙を読み始めた。

祖父からの手紙

何から書けばよいのか、そしてこの手紙が誰かに読まれることがあるのかどうかも分からない。けれども私はここに全てを告白しようと思う。私と桜子とそしてその子供の萌のことを。私は書き記しておかなければならない。

私には産まれながらに放浪癖のようなものがあった。何の声も聞こえず、自分の目が何を写しても真っ暗の世界、それは時間なのか空間なのか分からないが、それを虚無と言うならば、その虚無はいつも私の背後にあった。それは自分の幼少期からずっと感じていたことだった。それにおそわれると私はその場所に立ってもいられなくなる。虚無はいつともなしに突然やってくる、まさしく悪夢のようなものだった。桜子と出会ったのも、定年退職で仕事が終わってから、今までにないほどの虚無感におそわれて家をふらふらと出てしまったときだった。

はじめて桜子と出会ったのは埼玉県の〇〇駅の繁華街で、その道端で彼女を見かけたとき、私は年甲斐もなく彼女の美しさに心を奪われて、そのまま後をつけていってしまった。そうして彼女の住んでいるアパートの部屋の隣にそのまま住み込んでしまった。ところが隣に住んでみて分かったことなのだが、彼女は娼婦であったのだ。毎日のように違う男を部屋に連れ込んでは騒いでいた。何週間か同じ男が彼女の部屋に入りびたっていることもあった。私は正直がっかりした。けれども、たまに顔を合わせたときに挨拶をしてくれる彼女の笑顔はとても清廉で美しく、私の暗い心に灯った一点の光だった。

それがいつのことだったか、私が隣に住み始めて半年くらい経ってからなのかその辺は定かでないが、確か季節は夏の少し前だった。彼女の部屋に男が出入りする事がぴたりと止んだ。そして彼女の部屋から物音さえもあまり聞こえなくなった。私は訝しい気持ちでいたけれど、訪ねていくこともできずに悶々としていた。けれど季節的にも夏に近づいていたのもあるし、とうとう心配になって、ある日勇気をだして彼女を訪ねて行った。ノックをしても返事はなくドアのノブを回してみると思いの外、部屋の鍵は開いていた。私が部屋に入っていくと彼女は部屋の真ん中で倒れていた。私は驚き駆け寄って、げっそりと痩せこけた彼女を抱き起こしてから、すぐさま病院につれて行き、看てもらった。医者には栄養失調だと診断された。聞いてみるとここ一週間何も口にしていないとのことだった。点滴を打ってもらって、彼女を連れて帰った私はそれから毎日のように彼女に何か食べさせようと、彼女の部屋に通うようになった。

一緒に過ごす時間を持つようになってから分かったことなのだが、彼女はどういった生い立ちで育ってきたのか、常に誰かが側にいないと一人では普通に日常生活が送れない可哀想な女だったのだ。初めの頃は朝起きると急に何か叫びながら外へ飛び出したり、何か訳の分からないことをぶつぶつ言ったり、泣き出したりという状態が続いた。この子は白痴なのかも知れないと思い、やっかいな女に関わってしまったと思ったのも事実だった。けれど、私も別に行く当てもない気楽な身分であったので、しばらくの間彼女につき合うことにしたのだった。二人で共有する時間を持って一カ月くらいだろうか、次第に彼女はまともに言葉を発するようになってきた。手紙を読み返してみても、今あの当時の彼女の言動を思い返してみても、彼女はしごくまともだった。けれど、それがあまりにもまともでまっすぐ過ぎるために他人に誤解されたり、利用されることが多かったのだ。

そして彼女とのつきあいが始まってしばらくすると、彼女は私に名前を付けてと言ってきた。私はその時まで彼女に名前がないことさえも知らなかった。彼女は自分がどこで生まれて、どこで育ったのかも全く覚えていないと言っていた。私が彼女の好きな花の名前をとって桜子と命名すると桜子はとても喜んで、そして次には自分の名前が書きたいと言ってきた。彼女は平仮名の読み書きが何とかできる程度で漢字というものが全く書けないし読めなかった。そして桜子の手紙から分かるように私が彼女に文字を教えることになった。

私は桜子に文字を教えることや、桜子に触れていることで私の孤独はどんどん癒されていくような気がしていた。私は私の虚無を桜子といることで埋めていったのだ。桜子は物覚えが早く私が教える漢字を楽しそうに書いては次々に覚えていった。そうして手紙を書き始めた。桜子が書いている手紙の宛名の「あなた」という男は彼女の家に出入りしていた男の内の誰かだろうと思われる。けれども、桜子自身、一体誰に対してその手紙を書いているのかが分かっていたのかどうかは分からない。だからもちろん宛先など分からず、私は近くの郵便ポストの郵便物を回収することになっている郵便局に頼んで彼女の書いた宛先のない手紙は全部私のポストに入れて置いてもらうように頼んでいた。桜子はその手紙が私の元に届いていることなど知る由もなかった。

私は桜子が書く「あなた」に対して初めは何も思わなかった。けれど桜子と一緒にいる時間が長くなればなるほど私はその男に嫉妬し始めたのだった。私はつまらない嫉妬を感じて桜子にひどいことを言ったこともあった。けれど桜子はそれに対して怒ることもなく、ただいつも哀しい笑みを浮かべて私を見ていた。

桜子は私にとって、いや全ての人にとってかも知れない、たった一人の純潔だった。桜子の優しさは、まるで聖母マリアのように深くて、美しいものだった。私の中の黒は彼女の中の白にある一匹の蟻のように小さくて醜い、汚いしみだった。私は桜子を憐んで、包んでやって、守ってやることで自分は浄化されるような気がしていた。今考えると、それは全く見当違いもいいところで、愚かなことだった。

桜子が妊娠した時、私は、私が長い間一緒に暮らしていた家族を捨てる決心をした。もとより、その時には自分が捨てられていたのかも知れないが。その時の私には桜子しかいなかったのだ。そしてそうすることが自分のすべき道だと思ったからだった。そして桜子に「あなた」への手紙を書くことをやめさせた。新しい未来を三人で見つめていきたい気持ちはもちろんだった。だがそこに「あなた」に対する嫉妬心が全くなかったとは言えなかった。

私は孤独であること、孤独なんてものは私の人生において当たり前であったことなのに、六十にもなってそれを桜子に依存して、埋めてもらおうとしてしまった。そして、そのことが間違いの始まりだった。萌が産まれてからしばらくは、平穏で幸せな時間が流れていた。それは本当に楽しい何カ月間かだった。そして私はゆくゆくのことを考えて、私の退職金だけでは三人が長く暮らして行くにはあまりにも心許ないと思い、仕事を探し始めた。今までずっと側にいた私がちょくちょく家を離れることが多くなると、桜子はまた少しずつ壊れてきてしまった。そして私は桜子の唯一の心の解放手段であった、手紙を書くことも禁じてしまっていた。桜子は萌と二人で行き場がなく、どんどん追いつめられていった。

そしてある日私が仕事探しから帰ると、萌のおかしな泣き声を聞いた。急いでドアを開けると、驚くべきことに桜子が萌の首をしめていたのだ。私は駆け寄って桜子を突き飛ばし萌を抱きかかえた。桜子は自分でも驚いた顔をして私と萌の顔を交互に見ていた。桜子は自分が何をしていたのか分からないほどに追いつめられていた。すると桜子は哀しい笑みを浮かべて部屋の外にかけだして行き、そして家の前で車にはねられて、あっけなく、本当にあっけなく死んでしまった。桜子は静かに眠るように白く冷たくなっていった。それはちょうど萌が一歳になるころだった。

私は萌と二人でどうしようもなくなって、萌を施設に預けることを決めた。不憫な子供だと、けれども私は鬼になることしか、その時の私にはどうすることもできなかった。このままでは萌も桜子と同様に死なせてしまうだろうと、私は萌の前に、親として一生名のることを諦めたのだった。

その後の私はひどい状態で、いろんな所を彷徨い歩いた。桜子の書いた手紙を持ったまま。一度は死のうかと思い、ビルの屋上に上ったのだけれど情けないことに、私には死ぬ勇気さえもなかった。桜子を死なせたのは自分だと、この罪を背負って生き続けることが自分への罰だと思った。

そしてふらふらと生きているのか死んでいるのか分からない状態が二年ほど続いた後に、ふと○○病院の前を通りかかったら、何年かぶりに自分の息子とその妻を見かけた。息子の妻のお腹は膨らんでいて、出産間近であることは一目瞭然だった。私は昔の家のことを思い出した。そしてまた新しい命が生まれることを知った私は、桜子の生まれ変わりかも知れないと、一度捨てたはずの家に恥ずかしげもなく戻ることにしたのだった。

たった五年しか経っていなかった。そして桜子と生きたのはその内のたったの二年であった。けれどもその二年間が私の人生の中でもっとも楽しく、輝いていた時間だった。私は残りの人生を静かに過ごそうと心に決めた。そんな風にして十年の月日が流れていった。

ところがある日、駅前の少しはずれの道を歩いていると、ある古本屋に一人の女性が立ってじっとこちらを見ているのが分かった。私はその娘を見て、一瞬自分の目を疑った。桜子だった。正確にいうと、それは桜子にあまりにもそっくりな娘だった。桜子にそっくりな顔やたたずまいに私はしばらくその場を動けなかった。私はもしかして、という予感にその後も足繁くその古本屋に通っていた。その内に、やはり彼女は萌だという確信を得たのだった。しかも施設に預けた時から名前も変わっていず、心が躍るようにうれしかった。片山夫妻も萌の両親についてそれほど知っているわけでもなさそうな様子だった。

私は萌に親だと名のることは一生ないと心に決めている。けれど、桜子にそっくりな萌はかわいくてかわいくて仕方がなかった。だから萌に一目でも会いたい、少しでも話したいという気持ちはどうしようもなかった。萌が幸せそうに暮らしているのを見て、私の罪は少し許されたような気がした。

私の余命もそう長くはない。だから私はこの手紙の束を一冊の本にする事にした。なぜならこれは桜子が確かにこの世に生きていた証だからだ。私は萌の母であり、そして私の最愛の人でもあった桜子の記録をどこかに残しておきたかった。私が死んでこれが不必要で、もし災いの元になるのなら、捨ててしまってもかまわない。それは、高友の判断にゆだねる。

長い手紙になってしまったけれど、これで私は安心してあの世に逝ける気がする。

一九九九　　野中友之助

僕は病院での祖父の姿を思い出した。祖父のあの目はこの記憶を辿っていたのだということが分かった。そして祖父は、この手紙を僕が読むことを分かっていた。祖父は僕が萌に恋をするということまでわかっていたのだろうか。いくら祖父でもそこまではわからなかっただろうと思った。けれど、祖父と僕と桜子さんとその娘の萌と、僕たちの後ろに何か大きな運命の河のようなものが流れているような、そんなものを感じずにはいられなかった。その本をめくりながら、僕は嵐が吹き荒れた後の海のように静かな気持ちなった。そして無性に萌に会いたくてたまらなくなった。

僕は丁寧に手紙を元の所に戻すと家を飛び出した。そして古書片山まで走り続けた。店に着くと、もう店は閉まっていたので、裏の入り口の方にまわってチャイムを押した。萌に会って何を話すとかそんなことは何も考えていなかった。けれども僕は会いたくて、きっと顔を見るだけでもよかった。ドアが開いて萌の母親が顔を出した。萌の母は驚いた顔をして僕を見た。夜分遅くにすいません、萌さんに用事があって来たのですが、と言うと、萌の母親は申し訳なさそうに、

「萌はもう家にはいないんですよ。おととい結婚したんです。相手の方は昔からおつき合

いのあったお茶の先生なんですけど」

　僕は信じられない思いでその言葉を聞いた。萌からそんな話は何も聞いていなかった。僕の茫然自失とした表情を見た萌の母親は困ったように、ごめんなさいね、あの娘ったら何も言っていなかったのね、ともらした。そして思い出したように、そういえばあの娘からあなたに預かっていたものがあるんだった、と言って家の中に入っていった。そして一冊の本を持ってきた。それは萌の部屋で見たあの絵本だった。

「この絵本はあなたのおじいさんの友之助さんが萌にくれたものなの。あの娘これがすごく好きでよく見ていたのよ。出ていくときに、もし高友くんが家に来たらあげてねって、置いていったの」

　僕はその本を受け取ってお礼を言うと、家に向かって歩いた。僕はその絵本を帰り道の途中の外灯の下の明るいところで開いた。パラパラと犬の絵をめくりながら僕はあふれてくる涙をどうすることもできなかった。この犬を見ながら話していた萌の寂しそうな目を思い出すと、涙は止めどもなくあふれてくる。僕は初めて声を出して泣いた。最後に会った公園で萌が言っていた言葉の意味がやっと分かった。僕は自分の鈍感さに腹立たしい思いだった。どんなに悔やんでみても萌はもういない。僕は最初から萌の影をつかんでいるようなものだったのかも知れない。萌は遠いところに行ってしまった。

　僕はその場に座り込んでしばらくぼんやりと星を眺めていた。あまりに呆気なく二人の女性は僕と祖父の前から姿を消していった。僕は夢を見ているようなそんな気分になった。そして夢ならばはやく覚めて欲しいと、いや、この夢をもう少し見続けていたいような、対極にある心がないまぜになっていた。

　するとどこからやってきたのか一匹の野良猫が側に寄ってきて僕の足に鼻をなすりつけてきた。僕はその猫の頭を指先でそっと撫でた。猫はうれしそうにゴロゴロと喉を鳴らし、何度も何度も僕の足の間を行ったり来たりしていた。僕はもうこの世にはいない祖父のことを思った。祖父は本当に幸せだったのだろうか。そして今、祖父の魂は安らかで、幸せなところにあるだろうかと思うと、また涙があふれてくる。この水分は祖父と桜子さんの二人の思いだった。そしてそれは僕の中に柔らかに深くしみていった。

　僕は立ち上がって家に向かって歩き出した。猫が後からよたよたとついてきて小さく一声鳴いた。僕はちらっと後ろを振り返って足を止め、猫を見下ろした。ポケットからくしゃくしゃになった煙草のケースを取り出し、一本だけ残っていた煙草に火をつけて大きく一息吸い込んだ。そしてまた家の方向に向かって歩き出した。口から吐き出した白い煙を眺めながら、あの手紙の本と祖父からの手紙は誰にも見せずに、一生僕の胸にしまっておくことに決めた。あの祖父の部屋にあった本の重なりは祖父の死とともに全てがはるか遠くへ流されていったのだ。もう一度後ろを振り返ると、さっきの猫はもうどこかへ行ってしまっていた。

その一週間後に僕が祖父のお墓参りに行くと、祖父の墓前に、もう枯れてしまってはいたけれど、明らかに桜とわかる木の枝が一本、手向けられていた。

著者

さとう 蜜（さとう みつ）

1977年生まれ。兵庫県出身。
都留文科大学卒。
在学中より創作活動を始め、現在は小説、詩、歌詞など、
文字を書くことを中心に、様々な表現活動を行っている。

萌　花

2002年6月15日　初版第1刷発行

著　者　さとう 蜜
発行者　瓜谷 綱延
発行所　株式会社 文芸社
〒160-0022　東京都新宿区新宿1-10-1
電話 03-5369-3060（編集）
03-5369-2299（販売）
振替 00190-8-728265
印刷所　株式会社 フクイン

ISBN4-8355-3899-4　C0095